N°. 1.

Compos. et delin. GORJY.

Rencontre d'une femme Sauvage

VICTORINE,

PAR L'AUTEUR

DE BLANÇAY, &c.

VICTORINE,

PAR L'AUTEUR

DE BLANÇAY, &c.

DÉDIÉE A MADAME,

COMTESSE D'ARTOIS.

PREMIÈRE PARTIE.

A PARIS,

Chez GUILLOT, Libraire de MONSIEUR, rue des Bernardins, la première porte cochère en face de Saint-Nicolas-du-Chardonnet.

Ier. Mai 1789.

Avec Approbation et Privilége du Roi.

On trouve chez le même Libraire les ouvrages suivans du même Auteur :

Blançay, 2 vol. *in*-18. fig. br. 3 l. 12 ſ.

Le Nouveau Voyage Sentimental, 1 vol. *in*-18. br. 1 l. 10 ſ.

MADAME,

COMTESSE D'ARTOIS

a daigné permettre que cette bagatelle parût sous ses auspices; et j'aurais osé m'en faire un titre pour offrir à ses rares qualités le tribut d'admiration qui leur est dû : mais la modestie de cette AUGUSTE PRINCESSE *ne me permet de déposer à ses pieds que celui de ma reconnaissance, et l'hommage du respect le plus profond avec lequel je suis,*

de ***MADAME,***

Le très-humble, très-soumis, et très-dévoué serviteur,

GORJY.

VICTORINE.

CHAPITRE PREMIER.

DANGER, SECOURS, &c.

UNE nuit que je dormais du sommeil paisible et profond de l'enfance, (je pouvais avoir de onze à douze ans), je fus éveillée en sursaut par des cris affreux, et je me trouvai, en ouvrant les yeux, environnée de tourbillons de flamme et de fumée. Le premier objet qui frappa mes regards, fut la gouvernante sous la garde de laquelle je vivais. Elle accourait vers moi pour me sauver. Le plancher s'écroula sous ses pieds : je la vis disparaître à travers les poutres embrâsées : l'infortunée me tendait les bras ; et, *ma pauvre Victorine*! furent ses dernières paroles.

Je m'étais élancée hors de mon lit, d'abord pour profiter du secours qu'elle m'offrait, ensuite pour la secourir elle-même ..... Hélas ! il n'était plus tems : tout était en feu autour de moi ; et je regardais ma mort comme certaine, lorsque je me sentis enlever par un homme qui, franchissant d'une poutre à l'autre, sautant les intervalles de l'escalier que le feu avait déjà détruits, traversant des torrens de flamme, tombant et se relevant à chaque instant, toujours en me tenant dans ses bras, parvint enfin à me mettre hors de danger. . . . . . Ce fut pour voir les débris de la retraite dans laquelle j'avais passé mon enfance, et que le feu achevait de consumer.

A cette triste lueur, je distinguai que mon libérateur était un jeune Officier. Ses cheveux étaient brûlés ; ses mains, son visage, étaient aussi endommagés : mais ne s'occupant que de moi : — « Aimable personne, » me dit-il, « je remercie le Ciel du » hasard qui m'a fait passer ici dans » un moment aussi affreux pour vous. » Instruisez-moi, je vous prie, de » votre sort. Avez-vous des parens, » des amis ? — Hélas ! Monsieur,

» personne, absolument personne.
» Mon père est, je crois, un né-
» gociant qui voyage toujours, et
» qui reste quelquefois des années
» sans venir me voir. C'est la bonne
» gouvernante que je viens de per-
» dre, qui m'a élevée depuis l'âge le
» plus tendre. Je ne connais qu'elle
» au monde, et un peu une vieille
» femme qui était en même tems no-
» tre commissionnaire et notre blan-
» chisseuse ; elle demeure à l'extré-
» mité du fauxbourg. — Voulez-
» vous, » me répondit-il, « que je
» vous y conduise ? »

J'acceptai. Il monta à cheval, me prit en croupe. Nous fûmes bientôt chez la vieille Marianne. — « Ma » pauvre Marianne, » m'écriai-je en

entrant chez elle, « j'ai tout perdu !
» Un incendie . . . . . ! Cette pauvre
» Madame Baubé . . . . ! Et moi, sans
» ce mortel généreux. . . . ! »

Mon libérateur raconta lui-même l'évènement à Marianne ; puis, après avoir de nouveau remercié le Ciel de l'avoir amené-là pour me sauver la vie, après avoir gémi de n'avoir pu la sauver aussi à la bonne gouvernante que je regrettais, il ajouta :

« Je suis forcé de joindre mon
» régiment, et il me reste si peu de
» tems que la vîtesse de la poste y
» suffira à peine. Sans cela, je con-
» duirais, ou je prendrais des me-
» sures pour faire conduire cette pau-
» vre petite dans un couvent, ou
» auprès de ma mère, qui est la bonté

» même. Là, elle attendrait des nou-
» velles de son père. — Ma foi,
» Monsieur, » dit Marianne, « il y a
» plus de deux ans que l'on ne l'a vu.
» C'est un marin ; et, avec ces gens-
» là, on ne sait ni qui vit, ni qui
» meurt. — Eh bien ! » reprit l'Offi-
» cier, « si la pauvre petite avait le
» malheur de l'avoir perdu, ce serait
» une raison de plus de la protéger.
» En attendant, tenez, Marianne,
» voilà pour ses premières dépenses.
» Les frais de ma route me forcent de
» calculer : mais vous avez de quoi
» l'habiller et vous payer de vos
» peines, jusqu'à ce que vous ayez
» de mes nouvelles. Je vous recom-
» mande d'en avoir le plus grand
» soin ; elle est malheureuse, c'est le

» premier des titres. Adieu, aimable » enfant ; ne vous abandonnez pas au » chagrin. Il faut croire que vous avez » encore un père ; et soyez sûre que » vous avez en moi un ami sur lequel » votre malheur vous a acquis des » droits sacrés. »

Il me baisa sur le front, remonta à cheval, et s'éloigna.

CHAPITRE II.

MARIANNE.

SANS s'inquiéter de ma douleur, Marianne se mit à compter l'argent que le jeune homme lui avait donné, à faire entre ses dents je ne sais combien de calculs, dont je croyais être l'objet. Je ne restai pas long-tems dans cette erreur. Sa première emplette fut de vin ; et, dès le jour même, elle s'enivra. La seconde, fut un habillement complet pour elle : de ses vieilles hardes, elle me fabriqua elle-même le vêtement le plus pitoyable. Elle me donna son jardin à sarcler, sa chèvre à mener paître dans les fossés du chemin. Souvent elle me faisait porter des fardeaux, sous le poids desquels mes jambes chancelaient ; et les larmes que ma situation me faisait sans cesse répandre, ne servaient qu'à l'aggraver, en donnant de l'humeur à cette méchante femme.

« Pardi ! oui, disoit-elle, croit-elle
» pas que je vais la nourrir, comme
» une Duchesse, à ne rien faire ?
» et cela, pour quelques méchans écus
» que c't'autre m'a *laissés* ! Ça vous a
» un accès de compassion, à cause
» du moment ; mais à présent croyez-
» vous pas qu'il se souvient de vous
» tant sèulement ? Un jeune homme !
» et un Officier encore ! Comptez là-
» dessus. Si vous aviez quinze ans,

» à la bonne heure. Vous les aurez » bien un jour, j'espère ; et alors je » sais bien ce qu'il y aura à faire : » mais en attendant, ma belle De» moiselle, il faut que vous gagniez » le pain que vous mangez, entendez» vous ? »

Elle avait raison de dire *le pain* : c'était presque ma seule nourriture. Si au moins je ne l'avais payée que de ma peine ; mais, pour un rien, j'étais grondée, maltraitée, battue . . . .

Il y avait à-peu-près deux mois que je menais cette vie pénible, lorsqu'il arriva une lettre à mon adresse. Il n'y avait que mon jeune libérateur qui pût m'écrire ; et je ne pouvais attendre de lui que des choses consolantes. Je rompis le cachet avec empressement. Ce généreux jeune homme m'engageait à aller au couvent : un billet de vingt-cinq louis était joint à sa lettre. . . . . J'en étais à la moitié de la première page (les quatre étaient remplies) lorsque Marianne entra.

— « Vous avez reçu une lettre, » me dit-elle ; « voyons un peu ce que » ça chante. » En même tems elle m'arracha *le papier des mains.* « Pardi ! » oui, » disait-elle en lisant entre ses dents, « ça s'arrangera comme vous » le dites, mon beau Monsieur ! . . . » On vous en baillera, Mesdames » les béguines ! . . . Y me croit bien » d'mon village, celui-là ».

Lorsque je vis qu'au lieu de me

rendre ma lettre, elle la mettait dans sa poche, je lui observai qu'elle était à moi. — « A vous ? Mais voyez » donc le ton que ça veut prendre ! » Apprenez, petite impertinente, » qu'il n'y a rien ici à vous. — » Mais cet argent, c'est pour me » mettre au couvent. — Oui-dà ! » on t'y mettra ; tu n'as qu'à y » compter, et dormir sous l'orme. » Il me prit un mouvement de colère. Je la menaçai d'écrire à mon bienfaiteur. — « Oh bien ! oui, écris-» lui, tu donneras ta lettre à porter » au vent. Le v'là embarqué, pour » revenir quand il plaira à Dieu. » D'ailleurs», il faudrait savoir son » nom, son régiment. Tu n'en as » heureusement pas assez lu pour en

» savoir

» savoir tant qu'ça ; et, si tu attends » que je te le dise, tu attendras long- » tems. — Il faut, » lui dis-je, « être » bien cruelle pour abuser ainsi de la » position d'une infortunée. Le Ciel » vous en punira, soyez-en sûre. — » Tiens, » me dit-elle en me donnant un soufflet, « voilà qui est encore plus » sûr. Voyez donc ç'te petite sotte » qui veut me morigéner. Va-t-en vîte » à ta besogne ; et que je ne t'entende » pas raisonner. »

J'allai, toute en pleurs, chercher ma chèvre pour la mener aux champs. Ce pauvre animal ! ses caresses me consolèrent. Il semble que les animaux distinguent les infortunés pour s'attacher à eux d'une manière particulière ; ou plutôt, c'est que leur attachement devient précieux à l'infortuné que ses semblables abandonnent : il le sollicite par ses soins ; et toujours il l'obtient. La reconnaissance est la vertu de la Nature : il n'y a que l'homme, et encore l'homme de la société, qui connaisse l'ingratitude.

Le lendemain, Marianne alla à la ville, pour recevoir les vingt-cinq louis. Je le jugeai par l'achat qu'elle avait fait d'une foule de choses à son usage. Pour moi, hélas ! je restai dans les guenilles qui me couvraient, depuis que j'étais chez elle, et qui tombaient en lambeaux. Le soir, elle se mit, avec plusieurs de ses commères, à boire jusqu'à ne pouvoir plus se soutenir, tandis que mon souper fut à l'ordinaire du pain bis et dur, des féves cuites dans un peu de graisse, et quelques gorgées d'eau, qu'il me fallait boire à même d'un vieux pot de terre égueulé.

Du recoin où je couchais sur une paillasse, à laquelle elle donnait le nom de lit, je l'entendais boire *à la santé de ce petit imbécille qui l'avait crue assez sotte pour laisser aller ç't'argent-là à des béguines.* — « Mais, » lui disait-on, « s'il revenait ? » — » Bon ! revenir ! Il en a pour plus » d'un an. Et puis, on sait bien quand » on y va, mais le diable sait quand » on revient. Au surplus, j'connais » quelqu'un qui a son fils dans le » même régiment, et qui m'a pro» mis de m'avertir quand il reviendra;

» et ça se sait toujours assez tôt. Un » régiment, ça ne marche pas *in-* » *cògnito*, comme un jaloux. D'ici à » ce tems-là, not'petite sera grande- » lette. Elle est gentille, la coquine. » N'est-ce pas, ma commère, qu'ça » vaudra bien son prix ? Gn'y a que » la petite vérole que je crains; elle » ne l'a pas eue; mais arrive qui » plante; en attendant, elle m'é- » pargne une servante. Allons, à la » santé du sot qui nous régale. »

Les autres femmes ripostèrent sur le même ton; et cela pendant une partie de la nuit, qu'elles passèrent à boire, tandis que je la passais à étouffer les sanglots qui me suffoquaient.

Enfin l'ivresse et le sommeil absorbèrent toutes leurs facultés. L'une s'étendit sur sa chaise, et s'endormit en répandant sur elle un verre de vin qu'elle avait voulu, mais inutilement, faire arriver jusqu'à sa bouche. L'autre, couchée sur la table, ronflait à ne pas s'entendre. Celle-ci, renversée sur le plancher, se vautrait dans les débris du repas. Celle-là, toute débraillée, s'était inondée elle-même du vin qu'elle avait bu. Marianne, échevelée, le visage enflammé, dégoûtant de sueur, poussait des éclats de rire effrayans, en voyant ses compagnes dans l'état où elles étaient. Elle voulut se lever; les jambes lui manquèrent. Elle tomba sur un banc; sa tête porta, et aussitôt son visage fut couvert de sang.

Je jettai un cri d'effroi ; et, la compassion me faisant surmonter l'indignation que m'inspiraient et sa personne, et cette scene horrible, je courus à elle. Je lui lavai le visage avec de l'eau fraîche ; puis, je réunis mes forces pour la traîner auprès de son lit, au pied duquel elle s'endormit jusques bien avant dans le jour. Les autres femmes s'étaient éveillées long-tems auparavant, et étaient parties quand elle-même se réveilla.

J'étais auprès d'elle, inquiette du coup qu'elle s'était donné. J'allais m'en informer, lorsque, d'une voix rauque, elle me demanda ce que je faisais-là ; et, sans me donner le tems de répondre : « Pourquoi est-ce que » vous n'avez pas mené ç'te chèvre

» aux champs? Et tout ça, pourquoi » ça n'est-il pas rangé? Allons vîte, » petite péronnelle, et ne me fais » pas aller après toi : je saurai bien » te faire diligenter. »

Si la scène dégoûtante, dont j'avais été témoin, pendant la nuit, m'avait révoltée, ce fut bien pis quand il fallut rétablir le désordre qui en était la suite, quand il fallut nétoyer les meubles inondés de vin..... Mais que faire? Je n'avais de parti à prendre que celui d'obéir. Je m'armai de courage, et j'obéis. Ensuite j'allai chercher ma chèvre....

Comme le bonheur est relatif! Après une quinzaine d'heures passées dans l'atmosphère de la débauche, comme je me trouvai heureuse de respirer l'air pur des champs ! Après le spectacle de l'humanité abrutie, combien il fut agréable pour moi, celui de ma chèvre répondant à mes caresses, broutant les branches des buissons ! et, quand son besoin était satisfait, bondissant gaiement sur l'herbe, en attendant le moment de me donner son lait pour prix de mes soins !

Mais, ma plus douce consolation, la seule qui suspendît véritablement mes peines, ce fut d'adresser des vœux au Ciel pour l'être généreux qui, après m'avoir sauvé la vie, daignait s'occuper d'assurer mon existence ; ce fut de penser qu'il en trouvait la récompense dans son cœur, dans cette jouissance pure et délicieuse que procure le bienfait. Hélas! il me croyait heureuse ! O mon digne libérateur ! en m'occupant de vous, je l'étais autant que je pouvais l'être.

Cependant, loin que le secours que ce respectable jeune homme m'avait envoyé, adoucît ma situation, il ne servait qu'à l'aggraver. Je fus plus maltraitée que jamais, tant que l'argent dura, parce que Marianne ne cessa pas de s'enivrer. Ce fut bien pis encore après. Elle semblait se venger sur moi de la privation qu'elle éprouvait.

CHAPITRE III.

CHANGEMENT DE SITUATION.

IL y avait plus d'une année que je traînais ainsi la vie la plus pénible, lorsqu'un jour Marianne, m'appellant d'un ton qu'elle essayait de rendre un peu doux : « Mademoiselle, voilà des » étoffes pour vous habiller. Monsieur » est le meilleur tailleur de la ville. » Il va venir aussi un cordonnier ; » et, demain, je vous amenerai une » coiffeuse. Ne me croyez-vous pas? » ajouta-t-elle, voyant que je la regardais d'un air stupéfait. « Tenez, v'là » des étoffes qui vous persuaderont :

» il y en a pour deux habits ; et faut
» nous faire ça à l'instant, entendez-
» vous, Monsieur Guillaume ? . . . .
» Ah ! c'est vous, Monsieur Gervais ?
» C'est pour ç't'enfant que je vous ai
» prié de passer ici. Il lui faut pour
» demain une jolie paire de souliers. »

Je ne concevais rien à ce qui se passait. Les deux hommes me prirent mesure, sans que je proférasse une seule parole. Ils étaient partis, que j'étais encore là, immobile d'étonnement.

« Tout ça te surprend bien, » me dit Marianne ; « il n'y a pourtant rien
» de si simple, quand on est gentille
» comme toi. . . . On se fait un hon-
» neur d'être l'oncle d'une jolie nièce.
» — Comment ? que voulez-vous dire ?

» — Pardi ! ça s'entend : j't'ai trouvé » un oncle. — Je ne croyais pas en » avoir. — Imbécille ! . . . . » Elle haussa les épaules, me regarda en ricanant, et me quitta. Un instant après, elle revint avec une petite fille du voisinage, qu'elle chargea de ce que j'avais fait jusqu'alors ; et moi, elle continua de me traiter avec de certains égards.

Le soir, j'allais prendre mon écuelle pour emporter dans mon coin la chétive pitance à laquelle j'étais accoutumée. Marianne me fit asseoir auprès d'elle, et partager son souper. Elle voulut même me donner du vin : mais le souvenir de ses dégoûtans effets, me causa des nausées qui ne me permirent pas d'achever le premier verre.

Marianne fut tentée de s'en fâcher; cependant elle se contint, et se dédommagea en buvant à elle seule la bouteille.

La journée était passée, sans que je fusse revenue de ma surprise. Elle augmenta encore, lorsque je vis Marianne me donner une place dans son lit. J'aurais mieux aimé coucher sur mon grabat : mais la nouvelle petite servante l'occupait, et j'étais d'ailleurs si étourdie de ce qui se passait, que je ne savais quel parti prendre sur rien.

A peine fus-je couchée, qu'une des voisines de Marianne vint la voir. Il s'établit bientôt entr'elles deux, une conversation fort animée. Elles parlaient trop bas pour que je pusse les entendre. Seulement je distinguai

par intervalles. — « Tu as raison ;
» c'est marché donné . . . . ç'te petite
» vérole . . . ! — Non , je te dis ,
» j'en suis sûre . . . . . . ça vient du
» soir au lendemain , et puis au dia-
» ble tout. — C'est bien dit : un
» *tiens* vaut mieux que deux *tu l'au-*
» *ras*. . . . — Il est madré le com-
» père ! . . . Gn'y aura rien de perdu ,
» va ! . . . . nous en riboterons quel-
» ques jours plus tard . . . Oh ! bien
» loin , bien loin ; on n'en entendra
» plus parler. — Sais-tu , malgré ça ,
» que c'est là un bon hasard ? — Il y
» a encore deux ans d'ici à quinze . . .
» Nous serons peut-être mortes d'ici
» là. . . . . Va , va , j'ai toujours en-
» tendu dire qu'on perdait la veille
» en s'occupant trop du lendemain.

» — Tope, voisine, et vogue la
» galère. Dans quelques jours, nous
» nous en donnerons une pile, je t'en
» fais bon. — Allons, bon soir. »

Elles se séparèrent. Marianne se coucha, dormit..... Combien il s'en fallait que je pusse en faire autant ! Je ne sais quoi, dont je ne pouvais me rendre compte, empoisonnait la joie que devait me causer mon changement de situation. Je cherchais un sens à ce que j'avais saisi du colloque de ces deux femmes. Un million d'idées se présentaient à mon imagination. Je me tourmentais pour savoir quel était cet oncle, dont je n'avais jamais entendu parler, pour deviner comment il m'avait découverte dans l'état d'abjection où je vivais. J'étais impatiente de le voir; et l'idée du premier moment où je le verrais, me faisait frissonner. Le sort qui m'attendait ne pouvait être que meilleur; tout me l'annonçait : cependant je ne pouvais m'empêcher de le redouter. Ma nuit se passa dans ces agitations.

Le jour parut avant que j'eusse pu fermer l'œil. Quelques heures après, arriva la coiffeuse annoncée.

Sur un bout de la table à manger, (il n'y en avait pas d'autre), on plaça un morceau de miroir contre une bouteille, une livre de poudre dans une terrine, de la graisse dans du papier, un vieux tablier sur mes épaules. . . . . . La coiffeuse souriait malignement en voyant cette toilette burlesque. Ce fut bien autre chose quand elle dénoua ma cornette. Mes cheveux étaient presque tous de la même longueur ; et elle ne put s'y reconnaître qu'après en avoir abattu une partie.

Les habits, les souliers, vinrent à leur tour. Avant l'heure du dîner, la métamorphose fut complete, et je reconnus la Victorine, autrefois si heureuse, depuis si infortunée. L'amour-propre, l'espoir d'un avenir meilleur, amenèrent un sourire sur le bord de mes lèvres ; ce je ne sais quoi qui m'avait tourmentée pendant la nuit, amena une larme sur ma paupière, et mon cœur fut à la fois ouvert à l'espérance et oppressé par un sentiment pénible.

Marianne était là, suivant les mouvemens de ceux qui travaillaient à ma métamorphose, y travaillait elle-même, s'extasiait, se récriait sans cesse : « Elle est, pardi, plus jolie que » je ne l'aurais cru ! . . . En vérité, » j'ai du regret . . . . J'aurais pu. . . » Allons, c'est fait : n'y pensons plus. » Vaut mieux tenir que courir. »

Quand je fus tout-à-fait habillée, le voisinage vint me voir. Ces mêmes gens, qui jusqu'alors avaient partagé la dureté de Marianne pour moi, me regardaient avec une sorte de respect. Jusqu'aux enfans du quartier, qui, la veille encore, n'avaient pas daigné m'admettre à leurs jeux, parce qu'ils étaient un peu moins enguenillés que moi, et qui, parce que j'étais mieux vêtue, m'entouraient dans un silence admiratif. . . . . A tous les âges, dans tous les états, on a donc les mêmes faiblesses!

Pendant ce tems, Marianne avait aussi fait une toilette à sa manière. « Allons, allons, me dit-elle, v'là » l'heure : sans adieu, mes voisines. » Il faut que je conduise la petite. »

CHAPITRE IV.

QUI NE PRÉVIENT PAS EN FAVEUR DE CELUI QUI EN EST LE SUJET.

TOUT le monde sortit de chez elle. Nous partîmes ; et, après un quart d'heure de marche, nous arrivâmes dans une auberge de fort belle apparence. . . . . « Venez donc, » nous dit un Monsieur qui était sur la porte : « je commençais à m'impatienter. — » Ma foi, » répondit Marianne, « faut » le tems à tout. Je défie bien qu'on » fasse plus vîte, d'une gardeuse de » chèvre, une nièce charmante. . . . » Mademoiselle, c'est Monsieur votre » oncle. »

Elle disait cela en suivant le Monsieur jusques dans une chambre. Dès que nous y fûmes : — « Bon jour, » petite, » me dit-il, en me baisant sur le front ; puis, me donnant deux ou trois petits coups sur la joue : « Elle est ma foi plus gentille encore » que je ne l'espérais. — Et je m'en » vante, » répondit Marianne. « En » conscience vous devriez bien.... » Le Monsieur mit son doigt sur sa bouche. — « Elle est bien jeune. — » C'est vrai ; sans cela ...... mais » laissez venir une quinzaine de » mois, elle ne le sera plus tant. »

Le Monsieur s'adressant à moi : « Vous avez été bien malheureuse, » ma petite amie ; vous ne le serez » plus. Je ne suis que votre oncle,

» mais je vous vaudrai un père. Le » vôtre est mort dans une traversée que » nous venons de faire ensemble. Il » m'a transmis ses droits sur vous. » Je ne les ai acceptés que pour faire » votre bonheur. Vous m'aimerez, » n'est-ce pas ? » Il me donna de nouveau un baiser sur le front, et me frappa légérement sur la joue.

Je voulus lui témoigner de la reconnaissance, ce fut en vain ; mon cœur se refusait au sentiment ; et je ne trouvai pas une seule expression. Je pris sa main pour la baiser ; je ne pus que l'approcher de mes lèvres. Inutilement je m'indignai contre moi-même de ne plus retrouver ma sensibilité, de ne rien éprouver pour un parent généreux qui m'arrachait à la misère, qui m'adoptait pour sa fille.... Au lieu de la tendresse que je cherchais au fond de mon cœur, je n'y trouvai que du repoussement.

L'extérieur de mon oncle pouvait y contribuer. C'était un grand homme, dont la maigreur donnait l'idée d'un squelette vêtu. Un teint livide, des joues creuses, des sourcils épais et réunis, l'œil cave, le regard ardent, mais oblique, des lèvres desséchées; cependant une toilette élégante, des odeurs qui empoisonnaient la chambre; enfin la ridicule recherche d'un homme âgé qui conserve les prétentions de la jeunesse. Ce n'était pas qu'il le fût beaucoup : j'ai su, depuis, qu'il n'avait que quarante-cinq ans : mais je lui en donnais à peu-près 60. Je n'avais pas alors l'idée de ces vieillesses anticipées qui sont la punition des déréglemens.

Il passa dans un cabinet voisin avec Marianne ; c'était pour lui donner de l'argent. Je l'entendis : ce bruit me fit tressaillir. J'étais révoltée en pensant qu'il payait cette vilaine femme des soins que sans doute elle prétendait m'avoir donnés. Je fus tentée d'aller réprimer l'aveugle bienfaisance de mon oncle. La crainte qu'il m'inspirait me faisait hésiter. Je me décidai cependant ; et je faisais un mouvement pour y aller, lorsqu'ils sortirent l'un et l'autre. La vue de mon oncle me rendit toute ma timidité, et je vis, sans oser rien dire, un gros sac d'argent sur le bras de Marianne. Elle s'avança vers moi, me dit

dit adieu, me souhatta *l'avenir que me promettait une mine heureuse comme la mienne*, puis m'embrassa. Son baiser me révolta : il me sembla que j'en étais souillée; et, si j'eusse eu là de l'eau fraîche, j'aurais sur le champ purifié la place que ses lèvres avaient touchée.

Elle sortit ; je respirai plus librebrement quand je ne la vis plus.

Mon oncle voulait partir sur le champ. Les chevaux de poste n'étaient pas encore arrivés. Il s'emporta contre les gens de l'auberge, les gratifia sans mesure de ces épithètes outrageantes dont l'insolence accable si souvent les malheureux que le sort condamne au service des riches. Il ne traita guère mieux l'aubergiste elle-même, lorsqu'elle lui apporta le mémoire de sa dépense. Il débattit chaque article de la manière la plus sordide, et fit un vacarme affreux pour obtenir une légère diminution. La servante vint l'avertir que les chevaux étaient mis, et le prier de ne la pas oublier. — « Va-t-en au diable, » lui répondit-il, « je n'ai rien à te donner. — Comment, Monsieur ! depuis trois jours » que vous êtes ici ! — Quand il y » aurait trois mois, n'es-tu pas faite » pour cela ? — Oui, Monsieur ; mais » je n'ai pas d'autres gages que la » générosité des voyageurs. — Qu'est- » ce que cela me fait ? . . . » En disant cela, il montait dans sa voiture ; je me plaçai tremblante à côté de lui. — « Allons, postillon, dépêchons . . . »

Nous partîmes, et sûrement nous n'emportâmes ni les vœux de cette pauvre servante, ni ceux des autres gens de l'auberge. Et les vœux et les regrets de ceux que l'on quitte, sont pourtant, à mon gré, ce qu'on peut emporter de meilleur ! Cela répand dans les humeurs je ne sais quoi de doux, d'amical. . . . .

Au contraire, mon oncle, continuant de gronder, ne cessait de déclamer contre la maîtresse, contre tout le monde, sur-tout contre *cette coquine de servante.* . . . . « *Cette co-*
» *quine!* » dis-je en moi-même, « par-
» ce qu'elle a osé solliciter quelques
» misérables pièces de monnoie pour
» prix de sa peine ! Je crains bien,
» avec un tel homme, de n'avoir

» changé que d'état, sans que mon
» sort en soit devenu plus heureux.
» Cependant cet argent donné à Ma-
» rianne pour ses soins prétendus...
» Peut-être, hélas! n'a-t-il fait qu'exé-
» cuter les intentions de mon père. »

L'humeur de mon oncle se calma peu-à-peu. Il prit, pour me parler, un ton qu'il voulait rendre doux et caressant; mais des organes montés à l'expression de l'emportement, donnent aux paroles les plus aimables je ne sais quel accent qui les dénature. Il avait beau faire; rien ne m'attirait vers lui : les caresses qu'il me prodigua ne servirent qu'à me rappeller celles qu'autrefois j'avais reçues de mon père. Je me souvenais de cette douce chaleur qu'elles répandaient dans mon sang, tandis que celles-ci.... je ne pouvais me rendre raison du froid pénible qu'elles faisaient circuler dans mes veines. — « Vous êtes bien farouche, » me dit-il, « ou bien peu sensible à ce que fait » et veut faire pour vous un oncle, » sans lequel votre vie entière eût été » consacrée à la misère. — Je vous » assure, Monsieur, que je sens tout » le prix.... — Je l'espère. Ecoute, » ma chère nièce, » en reprenant ce regard ardent et oblique qui m'inspirait une espèce d'effroi, « ne néglige » rien pour te rendre digne de mes » bontés; je te promets de ne rien » omettre pour te faire un sort agréa-» ble. Sur-tout, ne parle jamais, ni » de la ville dans laquelle tu as passé

» ta jeunesse, ni de la vie que tu as
» menée chez cette Marianne. Des
» raisons essentielles à la gloire de
» ton père, à celle de la famille,
» rendent cette réserve de la plus
» grande importance. Tu étais en
» pension dans une campagne isolée,
» chez une femme qui jamais ne re-
» cevait ni n'allait voir personne.
» Souviens-toi bien de cela ; entends-
» tu, ma chère petite ? »

Ce texte, paraphrasé de différentes manières, fut celui de notre conversation pendant le voyage. J'appris aussi qu'il faisait avec le Gouvernement des opérations qui l'enrichissaient beaucoup, mais qui, depuis plusieurs années, le forçaient à des absences longues et fréquentes.

Il pouvait y avoir vingt-quatre heures que nous étions en route, lorsqu'en relayant nous vîmes arriver un homme en poste comme nous, mais à franc-étrier, et venant du côté opposé. « Ah ! ah ! c'est toi, Picard ? » dit mon oncle, « par » quel hasard ? — Monsieur, c'est » une lettre du Ministre que l'on » a apportée, avec ordre de vous » la faire tenir par la voie la plus » prompte, quelque part que vous » fussiez. Comme nous savions que » vous reveniez, Madame m'a en- » voyé à votre rencontre.... »

Il prit la lettre, et après l'avoir lue : « Maugrebleu soit de l'ordre ! Me » voilà obligé de rebrousser chemin, » de me rembarquer pour je ne sais

» combien de tems. Il semble que le » diable s'en mêle. Allons, puisqu'il » le faut.... Picard, loue ici un » cabriolet pour conduire ma nièce. » Je vais écrire à Madame, pendant » que tu feras atteler. »

Il écrivit en effet, me donna sa lettre; puis m'embrassant.... Cette fois, son regard m'inspira plus d'effroi que jamais. L'expression de sa tendresse me parut tenir de la colère; et il me pressa contre lui si fort, que je ne pus m'empêcher de crier. Nous nous séparâmes enfin. Il m'échappa, dès qu'il fut parti, un soupir de joie, comme si j'eusse été délivrée d'un poids énorme; et ce trait d'ingratitude, je ne me le reprochai pas, moi qui regardais l'ingratitude comme le plus affreux des vices.

CHAPITRE V.

MADAME DE VERVAL.

PICARD n'était point communicatif; je n'osai pas l'interroger : ainsi, quoiqu'ayant voyágé avec lui pendant sept ou huit heures, j'arrivai chez ma tante, sans savoir à qui j'allais avoir affaire. Aussi, dans quel état pénible j'étais en descendant de voiture ! en montant l'escalier ! Picard me précéda pour prévenir sa maîtresse. J'ignore comment il m'annonça, mais j'arrivai assez tôt pour entendre ces deux mots : *Ma nièce !* articulés par une voix douce, et avec le ton de la surprise.

En même tems, la Dame qui les avait prononcés, se retourna, me vit à la porte, où j'étais tremblante.... Sans doute elle s'en apperçut. « Ap- » prochez-vous, » me dit-elle, en essayant de me rassurer, et par son regard, et par l'inflexion de sa voix. Elle y réussit. Un rien inspire la confiance, quand ce rien vient de quelqu'un véritablement bon, tandis que les prévenances les plus recherchées restent sans effet, ou même n'en produisent qu'un défavorable, quand elles ont pour principe une bonté factice.

Ma tante s'était levée. Elle vint au-devant de moi; je m'avançai.... Mon premier pas fut encore incertain; le second fut plus assuré: quand je fus auprès d'elle, il n'y avait plus de crainte au fond de mon cœur. — « Ma chère tante ! » lui dis-je, en lui baisant la main. — « Ma chère enfant ! » me répondit-*elle* avec bonté..... Puis elle s'arrêta, avec l'air aussi embarrassé que moi.

Je lui remis la lettre dont mon oncle m'avait chargée. Elle voulut, avant de la lire, que nous fussions assises l'une et l'autre. J'étais en face d'elle. Mon cœur, dont les battemens, d'abord suspendus par la crainte, étaient devenus libres et faciles, me conseilla d'examiner la bonne personne qui, d'un seul mot, avait opéré ce changement.

Ma tante était une femme de trente ans à-peu-près. Son extrême maigreur aurait dû la vieillir ; mais c'était de ces maigreurs intéressantes, à travers lesquelles on apperçoit l'âge et la beauté. Sa peau était de la plus grande blancheur ; ses sourcils et ses longues paupières d'un noir d'ébène auraient dû donner à ses yeux au moins de la vivacité. Son regard, au contraire, exprimait la langueur. J'avais déjà éprouvé combien sa douce voix inspirait de confiance ; elle avait ce timbre heureux qui ne manque jamais d'aller au cœur.

La lecture de la lettre que je lui avais remise colora ses joues d'une teinte légère. Je crus m'appercevoir que sa respiration était gênée. Elle fit plusieurs fois le mouvement de lever les yeux au Ciel ; mais toujours elle s'arrêta. Quand elle eut fini, un

soupir,

soupir, qu'elle semblait vouloir retenir, lui échappa.

« Ma chère enfant, » me dit-elle, » M. de Verval me mande de vous » mettre au couvent : je vais m'occuper de remplir ses intentions. — » Madame, je le desirais avant d'avoir le bonheur de vous connaître : » je sens à présent que le regret m'y » accompagnera. — Aimable enfant, » puisse le Ciel...! » Elle s'interrompit. Il me sembla que son regard achevait ainsi la phrase, *détourner les malheurs qui t'attendent* ! Ce regard me fit frissonner. Après un silence, elle reprit : « Puisse le Ciel vous combler » de tous les biens ! Votre air de candeur inspire un véritable intérêt ; » et s'il dépendait de moi........

» Mais M. de Verval le veut. Il pres-
» crit même l'endroit, à sept ou huit
» lieues d'ici ; et je ne dois rien chan-
» ger à ses arrangemens. Au reste,
» je vous verrai souvent : je me ferai
» un bonheur de cultiver la sensibi-
» lité que vous m'annoncez. »

Je passai chez cette respectable tante quelques jours, pendant lesquels les sentimens que, dès l'abord, elle m'avait inspirés, ne firent qu'augmenter. Enfin je partis pour le couvent. Elle m'y conduisit elle-même, et m'y recommanda comme elle aurait fait sa propre fille.

Je ne parlerai, ni du séjour que j'y fis, ni de l'intérieur de ces asiles que tout le monde connaît, ni de la manière étonnante dont je profitai des maîtres que j'y eus, ni des visites ou des lettres fréquentes de cette bonne tante, que sa douceur n'abandonnait jamais, et dont les conseils pleins d'onction me faisoient chaque jour aimer davantage la vertu. Je dirai seulement que, dans ce qu'elle m'écrivait, comme dans ses conversations, il y avait toujours une teinte de tristesse qui troublait le bonheur que je devais à ses bontés vraiment maternelles. Mille fois je voulus lui faire connaître combien je souffrais de l'idée de ne pas la croire heureuse : mais en la voyant s'efforcer sans cesse de sourire, je jugeai qu'elle voulait cacher sa peine ; et je craignis de l'augmenter. Une seule fois je lui laissai voir mon inquiétude.

Sur une lettre de mon oncle, qui, en annonçant son retour, avait demandé que je quittasse le couvent, (où j'étais depuis dix-huit mois) pour me trouver à son arrivée, ma tante était venue me chercher..... Nous étions en route. Elle avait l'air de souffrir plus que jamais. Les caresses qu'elle me faisait avaient ce caractère touchant que les infortunés savent seuls leur donner. Elle me regardait avec un œil humide. Ma main était dans la sienne. Je sentais commencer un serrement que tout-à-coup elle retenait. « Ma chère enfant! » me dit-elle plusieurs fois, d'un ton qui préparait mon cœur à recueillir les secrets du sien ; et chaque fois mon attente fut trompée. Elle n'ajoutait rien, ou ce qu'elle ajoutait n'étaît que des vœux pour mon bonheur. . . . Je n'osais pas lui dire que je l'eusse mis à partager les peines que je lui supposais.

Cependant la nuit était venue. Nous gardions l'un et l'autre le silence. Ma main, toujours dans la sienne, éprouvait de tems en tems cette même impression de serrement commencé et aussi-tôt retenu. Je sens. . . . Je me glisse à ses genoux. . . . « O ma bienfaitrice ! ô la plus respectable des » femmes ! vous êtes malheureuse. » Cette larme tombée sur ma main.... » elle est sur mon cœur. Placez-y de » même vos souffrances. Il est digne » de ce dépôt ; croyez-en ma ten- » dresse. »

« Que tu es bonne, ma chère en-
» fant, » me répondit-elle, « et que
» je te reconnais bien là! Mais ras-
» sure-toi; je n'ai d'autre peine que
» d'être sujette à des vapeurs. C'est
» une maladie comme une autre;
» elle est même bien moindre qu'on
» ne le croirait d'après ses symptômes.
» Tout ce qui agite violemment les
» renouvelle; et, dans mon état, ce
» que j'éprouve est naturel au mo-
» ment où je vais revoir M. de Verval
» et mon fils. »

J'ai oublié de dire que M. de Verval avait, d'un premier mariage, un fils, qui avait voulu, quoique unique, prendre le parti des armes. Depuis trois ans environ il était absent. Dans ce moment il revenait d'Amérique.

J'avais vu la vive et continuelle sollicitude de ma tante pour ce jeune homme, qu'elle aimait aussi tendrement que s'il eût été son propre enfant ; et dont elle n'avait cessé de me dire qu'elle était chérie comme une véritable mère. Je jugeai quelle devait être sa joie : mais je ne crus pas que le retour de son mari lui en causât autant. Quand elle avait dit : « Je vais revoir M. de Verval et mon » fils, » l'inflexion de la voix avait changé en parlant du dernier. Je n'en fus pas étonnée, je connaissais l'autre. « Lève-toi, ma chère enfant, » ajouta-t-elle, « lève-toi, et n'aie plus » de pareilles inquiétudes ; elles ne » sont nullement fondées. » Je parus la croire : mais elle ne m'avait pas convaincue.

CHAPITRE VI.

SURPRISE AGRÉABLE.

LE lendemain de notre arrivée, nous entendons une voiture..... Nous courons à la fenêtre. Nous voyons ouvrir la portière..... On sort, on est sorti, on est monté dans l'appartement, on est dans les bras de Madame de Verval; je ne sais combien de baisers lui ont déjà été donnés, que nous n'aurions pas encore su à qui nous avions affaire, sans les tendres exclamations de : *Ma bonne maman! ma chère maman!* qui accompagnaient chaque baiser.

Ma tante eut un moment de

suffocation. Les larmes qui vinrent aussi-tôt lui sauvèrent un évanouissement. Le jeune homme se tourne vers moi. Nos yeux se rencontrent. . . Jugez de ma surprise ; c'était le mortel généreux qui m'avait arrachée aux flammes, qui s'était ensuite si noblement occupé de mon sort. . . . « Mon » cher ami, » lui dit ma tante, « c'est » l'intéressante personne dont je t'ai » parlé dans mes lettres. Je l'aime » comme ma fille ; aime-la comme ta » sœur. — Je suis trop heureux, » répondit le jeune homme.... Mes yeux, que j'avais baissés, se levèrent sur lui, pour l'empêcher d'en dire davantage. Il me comprit ; et je profitai du premier moment où il me fut possible de lui faire part des défenses que son père m'avait faites. Nous les respectâmes, quoique nous ne pussions y trouver aucun motif, et malgré ce qu'il m'en coûtait d'avoir un secret pour ma tante, sur-tout quand il s'agissait d'un trait aussi glorieux pour un fils qu'elle chérissait. Les parens sont si fiers de la gloire et des vertus de leurs enfans ! Et moi, il m'eût été si doux de pouvoir m'abandonner à l'indiscrétion de la reconnaissance !

Je n'étais pas encore revenue de la surprise que m'avait causée cette rencontre imprévue ; mon cousin, de son côté, semblait se demander encore si ce n'était pas l'illusion d'un songe, lorsque mon oncle arriva à son tour.

CHAPITRE VII.

QUELLE DIFFÉRENCE!

POUR lui, nous eûmes, et bien de reste, le tems d'aller le recevoir. Nous avions entouré sa voiture, qu'il avait à peine quitté le coin dans lequel il était enfoncé. L'empressement de sa femme, de son fils, les expressions de leur joie n'obtinrent que deux ou trois : « C'est bon, c'est bon, vous » dis-je, je me porte fort bien ; et » vous aussi ? j'en suis bien aise. » En faisant ces froides réponses, il sortait lentement. . . . . Lentement ! Et les caresses de sa femme, de son fils, l'attendaient ! Il se laissa cepen-

dant embrasser. J'étais là, moi, toute stupéfaite de voir un mari, un père, rester sans émotion dans un moment aussi fait pour en produire. Je n'osais pas me présenter, moi qui n'étais que sa nièce, et qu'il n'avait vue que quelques heures; mais à mon grand étonnement . . . . : « Et Victo-
» rine, dit-il, où est-elle donc? Ah!
» te voilà! Bon jour, mon enfant.
» Mais elle est fort bien. Approche-
» toi donc, petite. . . . » Puis m'attirant vers lui, il me présenta ses deux joues. Je les baisai, ou plutôt mes lèvres les touchèrent. Est-ce vraiment un baiser que celui qui est donné sans que le cœur soit ému ? Et le mien éprouvait de nouveau cette sécheresse que, dès la première fois que j'avais

vu mon oncle, il avait senti pour lui.

Depuis, elle alla toujours en augmentant, quoiqu'il ne cessât de m'accabler de soins et de prévenances. Il y mettait même une suite, une recherche qui auraient dû me forcer à la reconnaissance ; mais à tout ce qu'il faisait il attachait une importance qui en absorbait le mérite ; mais il avait cette gaucherie inséparable de ce que l'on fait contre son caractère; mais c'était par rapport aux gens qu'il employait une occasion de traitemens si durs, que, si d'ailleurs il eût pu me faire quelque plaisir, la crainte de devenir un objet de haine pour les gens maltraités à cause de moi, en aurait détruit toute la douceur.

Quelle différence entre lui et son fils ! L'un me supposait des desirs, et se trompait ; l'autre avait l'art de prévenir précisément ceux que j'allais avoir. Celui-ci semblait me prescrire la reconnaissance ; celui-là paraissait en avoir de ce que j'agréais ses soins. Le père commandait et tourmentait, le fils agissait lui-même ; ou s'il avait besoin de secours étrangers, quoiqu'il eût pu ordonner, il les sollicitait d'une manière si engageante, que ceux qu'il employait se rendaient la chose personnelle. Aussi l'on craignait l'un, et l'on chérissait l'autre.

Moi-même .... Je ne me rendais pas raison des sentimens que mon cousin m'inspirait : mais je sentais en moi un repoussement incroyable pour mon oncle. Il allait jusqu'aux alarmes, lorsque je mettais ses soins empressés pour une nièce, et pour une nièce jeune, à côté de l'indifférence dont il payait la tendresse de sa femme et de son fils. Heureusement des affaires majeures le forcèrent de s'absenter de nouveau.

Comme je respirai quand je le vis partir! Son baiser d'adieu, je le reçus; je crois que je le lui rendis avec plaisir. Elle est si pénible la présence de l'être vicieux que l'on ne peut pas accabler de tout le mépris qu'il inspire! Il est si révoltant l'hypocrite que l'on voit méditer le crime, et préparer de loin des pièges à la vertu!

Comme mon ame, jusques-là oppressée par la défiance, se dilata quand je ne fus plus qu'avec cette bonne tante, que mes craintes m'avaient rendue encore plus chère ! avec cet aimable cousin, que les torts de son père me rendaient encore plus intéressant !.... Je me promis cependant de le lui laisser ignorer, et d'opposer à sa charmante étourderie, que, sans le vouloir, il nuançait d'une expression de tendresse bien dangereuse, une réserve qui le tînt toujours à une distance convenable. Je crois que, de son côté, il avait formé un projet semblable. J'avais remarqué plus d'une fois qu'il avait contenu sa vivacité; qu'une rougeur subite avait remplacé une expression prête à s'échapper. Mais, à son âge, vif comme lui, tient-on longtems au plan prescrit par la raison, quand elle est en contradiction avec le cœur ?

CHAPITRE VIII.

AMOUR ET VERTU.

UN jour, nous étions seuls, ma tante, lui et moi. Depuis une demi-heure, il régnait le plus grand silence. Ma tante brodait. Il écrivait, ou avait l'air d'écrire. Je tenais un livre qui me servait de prétexte pour examiner sa contenance, le dirai-je? pour en jouir. Ses yeux ne me quittaient pas; ses paupières humides..... Tout-à-coup il dérange sa table si brusquement, qu'il fait tomber tout ce qu'elle portait, saute au cou de ma tante: « Ma bonne petite ma- » man, » lui dit-il, « je ne peux pas

» te le cacher plus long-tems. J'aime » ma cousine ; mais je l'aime à en » perdre la tête. — Comment ! mon » fils ! — Oh ! je t'en prie, ne te » fâche pas, ne me le défends pas : » tu me ferais mourir. » Et de ses deux mains, il prenait, quittait, reprenait celles de sa mère, lui caressait les joues, lui baisait les mains, puis encore les joues, si vivement que tout cela paraissait se faire à la fois. Ma tante, étourdie par ses caresses multipliées, ne trouvait pas le moment de parler. Pour moi, j'étais dans un état que je ne saurais décrire. Mon livre était tombé à mes pieds, mes mains restées dans la même position que si ellès eussent continué de le tenir, ma respiration suspendue. . . . Combien mon embarras augmenta, lorsque Verval, s'élançant à mes pieds . . . . « Ah ! pardon, » ma chère cousine ! pardon ! Il était » impossible que mon cœur résistât » plus long-tems, oui, absolument » impossible. Si je l'eusse laissé par» ler devant vous seule, vous vous » seriez alarmée ; mais devant la meil» leure, la plus tendre des mères. . . . » La vertu elle-même présidera à no» tre bonheur ; oui, à notre bon» heur : je le lis dans les yeux de » cette mère respectable. N'est-ce pas, » ma bonne petite maman ? n'est-ce » pas que tu approuves . . . . ? »

. . . . Et déjà il était retourné dans ses bras.

— « Mais, mon fils . . . . — Oh !

» pas de mais, je t'en prie ; songe que
» ce que tu vas dire rendra pour jamais
» heureux ou malheureux ton fils, ton
» bon fils, qui t'aime tant, qui te chérit
» tant. — Mais, mon ami, écoute-
» moi donc ... — Non, je n'écoute
» rien que tu ne m'aies rassuré. —
» Eh bien ! sois sans crainte : je ne
» blâme pas ... je voudrais au con-
» traire.... — O bonheur ! » s'écrie
Verval. « O ma mère ! » en l'étrei-
gnant dans ses bras. « O ma chère
» cousine ! ma bien-aimée ! » en re-
tombant à mes genoux. « Heureux !
» heureux pour la vie ! — Tu connais
» donc les dispositions de ta cousine ?
— « Oh ! sûrement oui, je les
» connais. Nous ne nous sommes pas
» dit une seule parole : mais nos cœurs

» ont bien su s'entendre ; et je suis » sûr qu'elle me paie de quelque re» tour. — Est-il vrai, ma chère en» fant ? » me dit ma tante. Ma réponse fut d'aller me cacher le visage dans son sein. Elle passa un bras autour de moi, me pressa contre elle, Verval était à ses genoux ; et, tous trois, ivres de ce bonheur pur que donnent les sentimens honnêtes, nous gardions un silence religieux. Des larmes, des baisers, des serremens de main étaient nos seules expressions.

Combien j'en voulus, combien nous en voulûmes tous à la femme indiscrette, qui, dans ce même instant, vint rendre visite à ma tante! Mon Dieu ! qu'est-ce donc que cette politesse qui force de s'arracher à des jouissances intérieures, fût-ce même à des peines, pour se livrer à des indifférens ? Cette femme ne nous inspirait, et n'éprouvait pour nous aucun intérêt; elle n'avait rien à nous dire, rien à apprendre de nous; et cependant, pour elle, il fallut désenlacer nos bras, suspendre des sensations enivrantes, prendre le froid maintien de la société.

C'était à mon pétulant cousin que cela était difficile. S'asseyant, se levant sans cesse, parcourant le sallon d'un angle à l'autre, tirant à chaque instant sa montre, ne répondant que par monosyllabes... « A propos », dit-il, (et c'était à propos de rien) » n'est-ce pas aujourd'hui que Madame

» de B**. reçoit ? — Oui, » répondit la Dame. — « Vous y allez sans » doute ? — C'est mon intention. » Deux ou trois tours de sallon ; puis regardant sa montre : « A quelle » heure commencent les parties ? — » A huit heures. — C'est-à-dire, » bientôt. »

Enfin elle nous quitta, pour aller sûrement nous citer par-tout comme des gens malhonnêtes ; car c'est-là le grand reproche que font aux êtres sensibles ces personnages pour qui la politesse universelle est tout, parce que les affections particulières sont nulles pour eux. Mais qu'importe l'opinion de l'indifférence ? Nous n'y pensâmes seulement pas ; notre bonheur nous occupait trop.

Quand nous fûmes délivrés de cette importune, nous allâmes nous placer auprès de ma tante ; non pas chacun d'un côté, mais de manière qu'à nous trois nous formions un grouppe serré. Nos mains étaient les unes dans les autres. Celles de ma tante étaient alternativemen pressées, baisées, portées contre nos cœurs ; et nos lèvres déposaient à chaque instant sur ses joues le tribut de notre sensibilité.

« Mes enfans, » nous disait-elle, « vous ne m'avez pas surprise. J'avais » lu dans vos cœurs ; j'y avais apperçu » la sympathie qui vous attirait l'un » vers l'autre. Vous avez confirmé » l'opinion que j'avais de vos prin- » cipes, en ne vous l'avouant que de- » vant moi, que dans mes bras. Le

» Ciel approuve votre amour, puis-
» qu'il met à côté la délicatesse, la
» vertu. Oh ! oui, cet amour est sû-
» rement un moyen dont sa bonté se
» sert pour ..... faire mon bonheur
» en vous rendant heureux. Ah !
» puisse-t-il inspirer à M. de Ver-
» val.... ! » (J'éprouvai un frémis-
sement involontaire). « Suivant sa
» dernière lettre, il sera de retour
» avant peu..... » Mon cœur se
serra davantage. J'aurais, je crois,
fini par laisser connaître le trouble
qui m'agitait, si l'annonce du souper
n'avait pas interrompu ma tante.

Sa durée me donna le tems de me calmer. Forcée de me contraindre devant les domestiques, je profitai de cette gêne pour réfléchir ; et je finis par n'attribuer les soins de mon oncle qu'à son respect pour la mémoire de son frère, que, me disais-je, il aimait peut-être beaucoup. J'attribuai sa rudesse à cette habitude de spéculations qui dessèchent l'ame. Je me persuadai qu'à sa manière, il avait voulu se faire aimer de moi, comme un père; et je me reprochai avec amertume les pressentimens auxquels je m'étais livrée.

Hélas! voilà comme ils sont ceux dont l'ame est honnête et sensible! Lents à prendre les impressions fâcheuses, prompts à en revenir, il leur faut l'évidence pour croire au mal, quand la plus faible apparence leur persuade le bien. Une seule rose effeuillée sur le piége que l'on a tendu sous leurs pas, dissipe leurs soupçons. Les miens disparurent entièrement; et, toute à mon bonheur, je passai la nuit dans la plus délicieuse insomnie.

Avec quelle impatience j'attendis le lever de ma tante, pour aller lui renouveller mes caresses! Comme je tremblai de plaisir, lorsque mon cousin, dont la joie doublait encore la vivacité..... Quelqu'un, qui l'aurait vu alors, l'aurait véritablement cru dans le délire. Au milieu de je ne sais combien de phrases, dont il ne finissait pas une seule, je compris que sa nuit avait été semblable à la mienne; que la crainte de voir sans cesse les exigeans égards de la société se mettre entre nous, entre notre mère et nous, lui avait fait demander de hâter le départ pour la campagne; que sa bonne maman y avait consenti; qu'il partait à l'instant même pour nous y précéder....

Il nous embrassa, partit, remonta pour nous embrasser encore, se retourna cinquante fois dans l'espace de quelques pas qu'il avait à faire pour perdre de vue les fenêtres.... J'étais moi-même contre les vîtres, le suivant des yeux, calculant le siècle qui allait s'écouler jusqu'au lendemain matin que nous devions le joindre. Et le lendemain, comme je tressaillis au bruit de la voiture! Avec quelle joie j'y montai! Comme mon cœur battait! Comme il continua de battre . . . . ! C'était d'impatience pendant les deux premières lieues, ce fut de plaisir pendant la troisième ; Verval était avec moi.

CHAPITRE IX.

LA MAISON DE CAMPAGNE.

SON père, par sa fortune, par l'état qu'il tenait, aurait pu avoir une terre, un beau château, être Seigneur de paroisse. Il en avait le desir depuis que ses spéculations avec le Gouvernement l'avaient enrichi : mais ces mêmes spéculations le tenaient continuellement éloigné ; et Madame de Verval avait toujours éludé de le remplacer dans cette acquisition. Le prétexte était la crainte de ne pas remplir ses vues : le motif était l'envie d'échapper aux nombreuses connaissances, qu'à cause de son mari elle était forcée de cultiver, et qui, si elle eût eu un château, sur-tout dans le voisinage de la ville, comme il le voulait, n'auraient pas manqué de venir l'y ennuyer de leur inutilité. J'ai su, par la suite, qu'elle avait eu un autre motif bien digne de sa belle ame ; la crainte que la dureté de M. de Verval ne fît autant de malheureux qu'il aurait eu de vassaux. Simple particulier, il n'avait à tourmenter que ses domestiques, et il était possible à sa douce compagne de les en dédommager : mais un pays tout entier; elle l'aurait vu accabler, sans pouvoir autre chose que gémir.

Elle avait donc préféré de conserver

une simple maison, qu'il possédait depuis long-tems. C'était un petit manoir qui, comme celui de Socrate, était assez grand pour recevoir de vrais amis, mais trop peu, trop modeste sur-tout, pour attirer ces oisifs qui portent dans les campagnes le luxe et l'ennui de la ville. Le jardin consistait en un potager, dont les carrés étaient bordés de fleurs. Au lieu de boulingrin, une belle prairie garnie d'arbres fruitiers ; au lieu d'un parc fastueux, un joli bosquet que mon cousin avait planté avant son départ...... Il avait, depuis, beaucoup voyagé ; il avait vu des possessions superbes ; il arrivait d'Amérique, de cette partie du monde, où la Nature encore neuve se montre dans toute sa majesté; souvent il avait admiré : mais en revoyant ce bosquet, l'ouvrage de son enfance, il avait oublié les merveilles de la Nature, les chef-d'œuvres de l'art; et son cœur avait connu une sensation plus délicieuse que toutes celles qu'il avait éprouvées jusqu'alors.

Il se l'était rendu encore plus cher, en me le consacrant. Je trouvai mon chiffre gravé sur tous les arbres; une couronne de roses au-dessus d'un siége de mousse; des touffes de violettes et de pensées, au milieu desquelles coulaient deux ruisseaux : l'un murmurait doucement sur le sable; l'autre, dans sa course plus rapide, roulait avec un peu de bruit sur un lit de cailloux. Tous deux venaient se réunir à l'ombre hospitalière d'un chêne respectable ; et, pour que l'allégorie fût complete, on voyait sortir d'entre ses racines deux tiges de lierre qui devaient, en grandissant, s'attacher à son tronc.

On retrouvait les mêmes soins dans l'arrangement de ma chambre. Les meubles les plus simples, et en même tems les plus frais ; quelques vases pleins de fleurs, au lieu de ces inutiles colifichets dont on charge les consoles et les cheminées ; pour tapisserie, une étoffe dont le fond, de couleur gris de lin, était parsemé de bluets ; et mon porte-feuille de dessins ne renfermait que des sujets retraçant le bonheur que donne l'amour, quand la vertu l'accompagne.

Tout cela avait été fait pendant le seul jour que Verval avait passé là avant notre arrivée ; et il n'avait eu que fort peu de monde pour le seconder : mais on ne sait pas ce que peuvent des domestiques dont on est aimé. Il eût fallu les voir à notre arrivée. . . . . Ils n'avaient point de cocardes à leurs chapeaux ; il n'y eut ni coups de fusils, ni harangues : mais, au bruit de la voiture, on accourut, on l'entoura, chacun peignant dans son attitude, dans son regard, le plaisir qu'il avait de voir sa bonne maîtresse. Elle demanda à tous de leurs nouvelles, et leur dit de ces choses de circonstance que la vraie bonté sait seule trouver, et qui flattent

flattent l'inférieur auquel elles sont adressées.

Ensuite, leur présentant sa nièce.... Ils me saluèrent avec l'air de me connaître déjà. Si j'eusse même voulu bien lire dans leurs regards, j'y aurais apperçu que mon cousin les avait beaucoup entretenus de moi. Je crus même entendre : — « Jarnigoi ! » not' jeune Monsieur a raison : all'est » bien jolie. — All'est mieux que ça, » avait répondu un autre ; all'a l'air » d'être, comme y dit, la meilleure » personne du monde. »

Mon cousin s'empressa de nous conduire au bosquet, dont j'ai déjà fait la description. Tous nous y suivirent, pour jouir de l'effet que produirait sur moi cette charmante surprise. Le paiement du zèle est l'accueil que l'on fait à ses efforts. Ils avaient travaillé comme des forçats ; ils avaient même passé la nuit. . . . . . . Je leur parus contente ; leur fatigue fut oubliée. Oh ! comme ils se trompent ! et que de moyens, que de bonheur ils perdent ceux qui, regardant comme des machines les êtres que le sort leur soumet, ne savent qu'ordonner et payer !

CHAPITRE X.

LA SŒUR GRISE.

J'ÉTAIS encore dans le premier moment de la surprise, jouissant à la fois de l'objet lui-même, du plaisir que faisait à mon cousin celui que j'éprouvais, de la part qu'y prenait ma bonne tante, de l'empressement avec lequel ceux qui avaient travaillé au bosquet recueillaient les expressions de ma reconnaissance, lorsque deux ou trois : « *Et moi, donc ? et* » *moi, donc ?* » prononcés à quelques pas de nous par une voix qui tenait en même tems des deux sexes, nous firent retourner.

C'était une sœur grise, aussi grosse que grande, s'agitant lourdement pour essayer de courir, et s'avançant de toute la vîtesse possible pour elle..... « Eh! c'est la sœur Marotte! » s'écria-t-on. « Bon jour, ma » bonne sœur, » lui dit ma tante, en lui tendant la main, et faisant un mouvement pour l'embrasser.... — « Un moment, » répondit la sœur, en haletant, « un moment, que je » m'essuye, car je suis en nage. C'est » que quand il s'agit de venir vous » voir, jarny! gn'y a ni graisse, ni » chaleur qui tiennent; faut que je » courre de toutes mes forces. »

Et la voilà, avec un morceau de toile bise taillé en mouchoir, essuyant sa grosse face rouge et rebondie. Ce fond animé était coupé par deux sourcils bien noirs, par le duvet un peu abondant et foncé qui couvrait sa lèvre supérieure, et qu'un peu de tabac faisait encore plus ressortir ; et cet ensemble était avivé par deux petits yeux que cachait presque la boursouflure des joues, mais auxquels la joie de nous voir donnait la plus grande vivacité.

Après s'être long-tems essuyée, après avoir long-tems soufflé : — « Que je vous embrasse à présent. » Et elle appliqua sur les joues de ma tante deux baisers qu'on aurait entendus de dix pas. « Et cette jolie » nièce? Permettez-vous, Mam'zelle? » J'allai au-devant de son accolade. Elle fut un peu moins bruyante que celle de ma tante; mais je n'en sentis pas moins qu'elle était donnée de tout cœur.

Puis, se reculant et mettant ses deux mains sur ses hanches : « Jarny ! y » s'y connaît not' jeune officier. V'là » ce qui s'appelle une jolie personne ! » Et c'est que ça vous a un air de » bonté qui promet de ressembler à sa » tante. Et, je dis, c'est le plus grand » éloge que l'on puisse faire de quel- » qu'un : mais aussi, faut dire qu'elle » vous aura un mari comme il n'y » en a pas beaucoup. Je le connais » d'avant son départ pour la guerre. » C'est un Jupiter, un salpêtre : mais, » jarny ! ça vous a un cœur !.... » C'est, parlant par respect, mon » défunt tout craché ; sauf que mon

» défunt n'avait ni inducation, ni ç'te
» manière : mais, je veux dire, pour
» la vivacité, c'était un diable ; et si
» pourtant c'était... un... mouton...
» Pardon, mes chères Dames ; c'est
» que, quoiqu'il y ait bien long-tems,
» j'y... j'y pense toujours à ce....
» pauvre homme. » Elle pleurait en
disant cela. « Allons, v'là que je fais
» encore la sotte. Ne parlons pas de ça.
» Dites-moi : comment va ç'te santé ?
» — Un peu *mieux*, ma chère Ma-
» rotte, un peu mieux. » Un soupir
accompagna cette réponse. La sœur
fit un mouvement de paupières et un
haussement d'épaules qui voulaient
dire : « Pauvre femme ! quel dom-
» mage ! »

Sa gaieté disparut, et ne revint qu'à table. C'était là qu'il faisait bon la voir, remplissant de sa large carrure le bout qu'elle occupait, mangeant comme deux, bavardant comme quatre, expédiant les bouteilles sans compter..... Elle allait entamer la troisième, lorsque l'horloge se fit entendre...... La sœur s'arrête, compte.... « Jarny! » s'écria-t-elle, « déjà trois heures! faut que j'aille don» ner une potion à la vieille Jeanne. » Pardon, mes chères Dames, par» don, Monsieur : mais les malades » passent les premiers. » Elle ferma son Eustache Dubois, ôta sa serviette, s'essuya la bouche du revers de sa main, et partit.

Le début de la sœur Marotte m'avait mise au fait et de sa tournure et de sa bonté. Son histoire, que, quelques jours après, ma tante la pria de me raconter, acheva de me la faire connaître. C'est elle qui va parler.

CHAPITRE XI.

HISTOIRE DE LA SŒUR MAROTTE.

« Mon père était un fermier ; sans être riche, il ne demandait rien à personne. A côté de chez nous, était un autre fermier, qui avait un fils de deux ans plus âgé que moi. Celui-là était plus riche que mon père : mais au village, quelques écus en-deçà, quelques pistoles au-delà, ça n'y fait pas grand' chose. Ils étaient bons amis, et c'était de même entre moi et François (c'était le nom de mon petit voisin.) Nous passâmes notre enfance à jouer ensemble. Insensiblement François attrapa seize ans, j'en attrapai quatorze, et l'amour nous attrapa tous les deux. Mais gn'y a de mal à ça que quand on y en met. « Gn'y aura qu'à les » marier ensemble, quand ils seront » *grands*, » dirent le père de François et le mien. Nous trouvâmes qu'ils avaient raison ; et nous attendîmes avec patience, parce que nous comptions notre bonheur assuré. Eh ! mon Dieu ! nous comptions sans notre hôte. V'là que nos deux pères (ils étaient veufs) meurent à huit jours l'un de l'autre. V'là que François, qui perdit le sien le premier, est entraîné au cabaret par des amis, qui, pour lui ôter sa douleur, lui font perdre la raison. V'là qui se trouve dans ce cabaret des raccoleurs qui profitent de ce qu'il n'a plus de raison pour lui faire perdre sa liberté. V'là enfin qu'il est obligé de partir le jour même que je deviens orpheline. »

« Cela aurait encore pu s'arranger : mais le diable, qui au contraire voulait déranger, nous donna des tuteurs, appella des gens de justice ; et ces Messieurs travaillèrent tant pour mettre nos affaires en ordre, que ce ne fut pas trop de tout notre bien pour les payer de leurs peines. »

« Mon tuteur était en même tems mon oncle. Quand il eut pris son lopin de mon héritage, quand il eut vu que cette part était la dernière du

gâteau,

gâteau, et que je restais sans ressources, il s'attendrit sur le sort de sa chère nièce, et m'offrit un asile chez lui, sous la seule condition de remplacer *pour rien* une servante qu'il venait de chasser. Force fut bien d'accepter. J'aimais mieux aller cacher ma misère à Paris, que de la montrer dans mon village. »

« Mon oncle s'en retourna dans une bonne voiture. Moi, je partis à pied, le petit paquet sous le bras, et un écu dans ma poche pour faire une vingtaine de lieues. »

« En partant, en embrassant tout le monde, je pleurai ; en me retournant pour regarder mon pays, tant que je pus voir le clocher de la paroisse, je soupirai ; puis, ma foi !

je pris mon parti, sans cesser pourtant d'avoir des regrets : mais ces regrets-là ne m'empêchaient pas de retrouver ma gaieté. Et ce n'était pas peu de chose que je retrouvais-là ; car j'en ai toujours eu une si bonne provision, que, si par hasard un moment de chagrin l'écornait un peu, il n'y paraissait guère. »

« Me v'là donc dans ç'te grande ville de Paris, au service de M. et de Madame de Farsac ; c'était ainsi qu'on les appellait, et il me fut prescrit de ne leur donner ni le titre d'oncle et de tante, ni le vrai nom de notre famille. Gn'y avait pas besoin de me le commander : j'aurais trop craint, en les appellant mes parens, de les faire rougir, non pas de ma parenté : dans une famille, on ne peut pas avoir tous même chance ; gny en a de riches, gn'y en a de pauvres ; les uns vont en carrosse, les autres à pied ; ceux-ci éclaboussent ceux-là ; tant mieux, tant pis, à l'heureux, l'heureux ; chacun garde son lot : mais jarny ! j'aurais craint de les faire mourir de pure honte de ce qu'ils mangeaient mon bien sans me dire tant seulement : *tiens, en veux-tu ?* Au contraire, je les servais, et ils ne me payaient pas : je faisais de mon mieux pour les rendre contens, et eux n'épargnaient rien pour me rendre malheureuse. »

« Mon oncle avait je ne sais quel emploi : mais il était de ces bourgeois qui singent les grands seigneurs ;

comme on dit qu'il y en a quelques-uns à Paris ; à gros dos et petit ventre, beaucoup d'étalage en dehors, et encore plus de vilenie en-dedans ; riche apparence et point de fonds ; du contentement devant les étrangers, des soucis en face de soi-même ; tant y a qu'on dirait comme du *Saint de mon village* : *Il est d'or* ; et pourtant ce n'est que du bois, et encore du bois rongé par les vers. »

« V'là comme était mon oncle. Il prenait sa belle humeur comme sa belle perruque ; et l'un comme l'autre, ce n'était que le semblant de la vérité ; car c'était le Monsieur le plus maussade ! le plus grognon ! »

« Madame sa femme, c'était un vrai diable pour le caractère

comme pour la figure : mais le blanc, le rouge, le bleu, et le petit air de bonté qu'elle prenait aussi aisément que le reste, faisaient que ceux qui n'allaient pas plus avant que l'écorce, la trouvaient assez bien. Elle avait grand soin de s'affubler de toutes les modes de la condition. Quand je dis toutes, je me trompe; il y avait toujours quelque petite économie qui sentait sa bourgeoise : mais, comme sa société était composée d'autres bourgeoises, qui allaient la même allure, on n'y regardait pas de si près. Passe-moi celui-ci, je te passerai celui-là. »

« Parce que la maison, dont on occupait une partie, avait une façon de porte-cochère, et une cour grande comme ma poche, on disait L'HÔTEL. On disait aussi MON PORTIER, parce qu'il y avait, dans un petit recoin, derrière la porte, une petite armoire, et dans ç'te petite armoire un petit savetier qui chiflait à chaque visite. »

« Le domestique était composé d'un de ces vieux routiers que l'on a pour peu de chose, parce qu'*ils ne* sont plus bons à rien ; d'un de ces petits enfans qui ne coûtent que quelques livres de pain de plus, que l'on bariole avec de vieux habits de différentes couleurs, pour représenter une livrée Anglaise, et que l'on tond à moitié pour en faire des Jokeis. Il y avait ensuite une femme de chambre et une cuisinière ; et ces deux emplois-là, c'était votre servante, suivant qu'elle avait un tablier blanc ; ou un gris. »

« Si au moins j'avais eu doubles gages ! mais je vous en souhaite. Ma chère tante m'habillait de ses vieilles hardes ; et elle ne les trouvait vieilles que quand elles n'avaient plus ni forme ni couleur : car Madame ma tante de tous *les jours* était aussi piétrement équipée, que la Madame de Farsac des grandes fêtes était richement harnachée. On me logeait dans une soupente faite aux dépens de la cuisine. On me nourrissait de régime. Pour de l'argent, pas plus que dans mon œil ; et si pourtant, je devais beaucoup de reconnaissance à mes très-chers parens, qui, du matin au soir, se reprochaient *leur charité pour une petite sotte qui ne gagnait pas l'eau qu'elle buvait.* On faisait bien de ne pas dire le vin; et vous venez d'entendre si je ne gagnais pas bien mon eau. »

« Mais je m'en mocquais; je n'en étais pas plus triste. François me donnait souvent de ses nouvelles; je lui donnais souvent des miennes. Nos cœurs étaient toujours pleins d'amour; l'espérance y était aussi logée côte à côte. Ça me donnait une gaieté que rien ne pouvait y mordre; tandis que mes riches parens ne riaient, et encore c'était du bout des lèvres, que les jours où ils recevaient du monde. Oh ! alors ils paraissaient contens, aimables, prodigues. Tout avait l'air d'aller par écuelles, pour les étrangers s'entend ; car pour nous , pauvres commensaux , ces jours-là , ou d'autres , c'était tout un. Chaque plat que l'on desservait, Madame de Farsac le lorgnait du coin de l'œil, et le jaugeait avec une exactitude qu'il n'y aurait pas eu moyen d'en dérober une bribe, sans qu'elle y connût. Et alors, ç'aurait été un train ! un tapage ! . . . Dame ! Ecoutez donc. C'était assez naturel ; il fallait que le reste de la semaine se passât avec les démolitions du grand jour ».

« Jugez comme cette vie-là me paraissait sotte ! à moi, élevée à la campagne où l'on ne paraît pas plus que l'on est, mais où l'on est ce que l'on paraît ; où l'on a pour avoir, et non pas pour montrer. Je commençais à m'ennuyer de ces menteries continuelles, lorsque Va-de-boncœur (c'était le nom de guerre de François) m'écrivit qu'il allait avec son régiment à l'armée, qu'il passerait à quelques lieues de Paris, qu'il avait obtenu la permission de se marier, et que si je voulais venir le joindre.... « Jarny ! » m'écriai-je, « si j'irai ? Est-ce que ça se demande donc ? Et pour ne plus te quitter encore ! Il en sera ce qui plaira à Dieu. Le bonheur est déjà assez difficile à attraper, sans avoir encore la sottise de reculer devant lui ; et s'il fallait consulter tous les qu'en dira-t-on, on n'en finirait jamais. Va-de-bon-cœur est soldat ; eh bien ! comme il me le dit, je serai vivandière ; gn'y a pas de sot métier. Il vaut mieux vendre de l'eau-de-vie à de braves soldats, qui me paieront, que de me *tuer le corps et l'ame* pour des parens qui ne me donnent pour salaire que des sottises et des mauvais traitemens. »

« *En disant cela*, je cherchais la petite besace que j'avais apportée de mon village ; je la remplissais de ce qui m'appartenait légitimement. Le lendemain, avant le jour, je plantai *là* mes chers parens, avec leurs grands airs et leur lésine ; et le soir, je revis mon cher François. »

« Je ne vous dirai pas combien nous eûmes de joie ; ça se devine aisément. Les peines, quand elles sont passées, c'est autant d'ajouté au plaisir. »

« Le séjour de Paris m'avait un peu déniaisée. Pour François, il n'était pas reconnaissable. Ç't'uniforme, ce sabre, ç'te moustache, ce chapeau sur l'oreille, et puis un air de bon diable, qui lui aurait fait donner le nom de Va-de-bon-cœur, s'il ne l'avait pas pris de lui-même..... »

« Mais v'là que j'entends sonner l'heure d'aller chez la vieille Jeanne. Je vous finirai ça demain. »

Dès la première fois qu'elle nous avait quittés pour aller chez cette femme, nous l'aurions accompagnée, si celle-ci avait été ou pauvre, ou grièvement malade. C'était pour ma tante un devoir sacré ; et elle le remplissait d'une manière si bonne, si consolante,

consolante, que sa vue suspendait les maux de ceux qu'elle visitait. Je n'avais encore eu occasion de le savoir que par les bénédictions dont la comblaient sans cesse ceux qui devaient la santé à ses soins, à ses secours. J'eus par la suite le bonheur de la seconder. De lui-même mon cœur y trouvait un charme inexprimable : mais combien son exemple me rendait cette fonction attachante! Comme cette digne femme était auguste et respectable, lorsqu'assise au chevet d'un grabat, elle prodiguait les secours et les consolations au malheureux dans les souffrances! Qu'elles étaient à la fois douces et énergiques les expressions qu'elle trouvait pour donner de l'espérance ou de la résignation ! Avec quelle activité, quel empressement elle aidait la bonne sœur, sans que jamais rien pût la rebuter !

Mais, je l'ai dit, je ne fus que par la suite témoin de cet attendrissant spectacle. La vieille Jeanne n'était qu'incommodée. C'était, d'ailleurs, une bonne fermière ; et comme ma tante n'avait pas une charité d'ostentation, elle ne s'occupait que de ceux à qui ses soins étaient vraiment nécessaires. Nous laissâmes donc aller la sœur ; et, pendant qu'elle prenait le chemin du village, nous prîmes celui de mon bosquet.

CHAPITRE XII.

BÉBÉ.

Nous y finissions toutes nos journées : mais ordinairement nous y allions plus tard. Cette fois, mon cousin, à qui on était venu parler bas, précisément comme la sœur nous quittait, nous proposa d'y aller sur le champ. Sa proposition avait un caractère d'empressement, de joie.... dont j'eus bientôt l'explication.

Dans un buisson qui faisait massif derrière le bosquet, était une chèvre... A mon arrivée, elle se retourne, se met à bêler, accourt au-devant de moi en bondissant, et je reconnais le fidèle animal dont l'attachement m'avait si souvent dédommagée des mauvais traitemens de la vieille Marianne. J'en avais tû la plus grande partie à mon cousin, parce que j'avais craint les effets de sa vivacité. Je les avais d'ailleurs oubliés : mais je me souvenais toujours de Bébé (c'était ainsi que je nommais ma chèvre). Ce souvenir était accompagné de regrets. Mon cousin, sans me rien dire, avait envoyé un homme exprès, pour l'avoir à quelque prix que ce fût. Cet homme était arrivé au moment où l'on vendait le peu que possédait Marianne, qui, pendant ce tems, était ivre-morte sur un tas de paille, dans une écurie voisine. La chèvre avait été mise, comme le reste, à l'enchère.

Il faut avoir été malheureux, il faut avoir éprouvé combien l'attachement d'un être quelconque est doux à celui que ses semblables délaissent, ou maltraitent ; il faut avoir souffert comme moi, pour juger du plaisir avec lequel je revis ma *Bébé*. Les larmes m'en vinrent aux yeux. Je ne pouvais me lasser de la caresser. Elle se frottait contre moi, me poussait avec sa tête, me *léchait* les mains. Quand son premier moment de folle gaieté fut passé, elle se plaça comme pour me prier de la traire ; et, pendant que je prenais son lait, son attitude et son regard annonçaient le contentement.

Je ne dis pas combien je remerciai mon aimable cousin. La reconnaissance est en raison du service, de la personne qui le rend, de la manière dont il est rendu ; et l'on est expressif, suivant que l'on est vivement ému.

Ma bonne tante était dans le secret. Les caresses de ma chèvre, et ma joie, en revoyant cet animal, furent pour elle un spectacle intéressant. Elle y sourit. . . . de ce sourire mélancholique, qui, malgré que je dusse y être accoutumée, mêlait toujours une teinte de peine à mes jouissances. Elle alla chercher du pain, du sel, pour les lui donner. . . Elle se retint et m'en chargea. Je devinai son motif, parce que je connoissais sa délicatesse. Elle voulait que cet animal dût tout à moi seule, pour que j'en fusse aimée davantage.

On lui fit une jolie cabanne dans une portion de pré qui lui fut abandonnée, pour y brouter et y bondir en pleine liberté. J'avais eu soin, comme un enfant, de faire voir Bébé à toute la maison. Le lendemain, quand la sœur vint dîner, quelque affamée, quelque altérée qu'elle fût, il fallut qu'elle la vît, avant de se mettre à table. Elle la trouva *drôle*, la caressa beaucoup; et, comme elle ne perdait jamais la tête, quand il y avait du bien à faire, elle me demanda son lait pour un enfant, dont la mère venait de mourir, en le mettant au monde. Dès ce moment, il lui appartint. Bébé m'en fut encore plus chère ; et la traire devint pour moi une occupation précieuse. Après le dîner, la sœur continua ainsi son histoire.

CHAPITRE XIII.

SUITE DE L'HISTOIRE DE LA SŒUR MAROTTE.

« Me v'là donc avec mon cher Va-de-bon-cœur. Il y avait au régiment un de ces Aumôniers comme il en faut aux gens de guerre. Ça vous disait une messe en un tour de main : ça confessait un bataillon entier dans une matinée : ça vous donnait l'absolution comme le bon jour. Avec deux paroles et quatre bredouilles, mon mariage fut baclé.

Mon établissement fut l'affaire d'un barril d'eau-de-vie, d'une mesure et de quelques verres. En faisant la cuisine de la chambrée, je gagnais ma part à la gamelle ; et, comme Va-de-bon-cœur était aimé des Officiers, il était rare qu'il n'obtînt pas un billet de logement particulier. Quand il n'y en avait pas, ou quand on fut campé, je couchais dans la première grange, dans une écurie, à la belle étoile. Tout ça est égal, quand on a une bonne santé, la conscience tranquille et le cœur content. Quant à la sûreté, je peux me vanter que je n'avais rien à craindre : j'étais sous la garde de tout le régiment. Ces soldats sont des chenapans, des vauriens, qui vous maraudent les filles comme les jardins des paysans : mais la femme d'un de leurs camarades, jarny! c'est un dépôt aussi sacré qu'une consigne. Tenez, quand la délicatesse de l'honneur y est intéressée, parlez-moi de ces gens-là ; ça ne bronche jamais. Et si cependant on ne m'appellait que la belle vivandière. Gn'y en avait plus d'un qui enviait le sort de Va-de-bon-cœur, et qui mourait d'envie de m'en conter : mais ça ne passait pas le nœud de la gorge ; et, moi qui ne songeais qu'à rire, je ne m'amusais pas à en deviner plus qu'on ne m'en disait. »

« Cependant la guerre devint sérieuse. Dans le commencement, ça m'effraya ; puis, je m'y accoutumai ; enfin le bruit du canon ne me faisait pas plus que celui des cloches de mon village. Quand je voyais partir Va-de-bon-cœur pour quelque affaire, je tremblais, et en même-tems je me disais : *Il en revient tant d'autres ! Lui-même en est revenu tant de fois !* Et v'là comme l'habitude accoutume à tout ».

« Je voyais ça chaque jour, quand il nous arrivait des recrues. C'étaient des paysans qui, la veille, y auraient regardé à dix fois pour allumer une fusée de deux liards. Eh bien ! quand ça avait une fois pris du poil de la bête, ça courait au feu comme à la noce. Et ces mauvais sujets donc, qui quelquefois ne s'étaient engagés que pour échapper à Bicêtre ? Dès que ça avait ç't'uniforme sur les épaules, ça se trouvait avoir de

l'honneur.

l'honneur. Et v'là comme on a raison de dire qu'on finit par hurler avec les loups. »

« V'là aussi comme, en voyant les vas et les viens continuels de la peine et du plaisir, de la fatigue et du repos, je finis par prendre les choses comme elles venaient. Le bon tems faisait oublier le mauvais : le mauvais faisait valoir le bon ; et, au bout du compte, qu'est-ce que tu me dois ? qu'est-ce que tu m'as payé ? Reste zéro ; partant quitte. »

« Cependant, à travèrs tous ces hauts et tous ces bas, je commençais à faire une petite fortune. Il y avait des occasions où je vendais mon eau-de-vie un prix fou ; à ceux-là, s'entend, que je savais avoir de l'argent à gogo, comme qui dirait ces maltôtiers qui s'engraissent du plus pur sang d'une armée : mais aux soldats, jarny ! tant que j'en avais, c'était pour eux de préférence ; et pas plus cher dans un tems que dans l'autre. Aussi ils ne parlaient tous que de la belle vivandière. J'aurais dit à l'un : *Vas ici* ; à l'autre, *vas là* ; à un troisième, *vas ailleurs* ; dès que ç'aurait été pour me faire plaisir, ça leur en aurait fait. On ne peut pas dire autrement, c'est agréable d'être aimée comme ça ; et, en mettant par là-dessus l'amour de Va-de-bon-cœur, j'étais heureuse comme une reine. »

« Mais, hélas ! à créature n'appartient de l'être long-tems. Un jour.... quand le régiment revint du combat..,

Je ne voyais pas Va-de-bon-cœur.... Je le demande.... Pardon, ma chère Dame.... Mais je n'ai pas la force.... C'est bien la moindre chose que je lui doive à ce pauvre défunt. »

Et la pauvre sœur se mit à sangloter. Puis, faisant un tampon de son mouchoir, et l'appuyant sur ses yeux pour essuyer ses larmes..... Nous étions encore à table. Elle se verse une rasade..... « Permettez, ma chère Dame, que je boive ça à sa mémoire, et que je ne vous achève mon histoire que demain.... Aujourd'hui, je n'en aurais jamais le courage. »

Quelqu'un qui ne l'aurait pas connue, n'aurait pas cru à son affliction. Ces larmes séchées si vîte, cette rasade. . . . Elle était cependant profondément affligée. Elle fut morne pendant le reste du jour, elle dont la grosse gaieté ne se démentait jamais.

CHAPITRE XIV.

SI ON NE FAISAIT QUE DE CES MENSONGES-LA !

« CETTE pauvre sœur ! » dit le lendemain ma tante, à mon cousin et à moi ; « si au lieu de l'attendre, » nous allions la voir ! Notre visite » lui ferait plaisir, et la distrairait » quelques heures plutôt de son cha- » grin. »

Je n'ai pas besoin de dire que la proposition fut acceptée avec empressement.

Dès que la sœur nous apperçut, elle courut, autant qu'elle pouvait courir, au-devant de nous. — « Mes

» chères Dames ! mon cher Monsieur ! » Que de bonté ! Je vois bien pourquoi . . . . . car je vous connais : » mais soyez tranquilles : la nuit a » passé par là-dessus. D'ailleurs y » faut se faire une raison, n'est-ce » pas ? »

Pendant qu'elle disait cela, nous entrions dans sa chaumière. Tout y était en désordre. Il eût fallu la voir trémousser sa lourde masse pour vîte approprier la table ; les chaises, ramasser les hardes qui les occupaient, les jetter d'un côté, les reprendre pour les placer ailleurs, ôter d'un coin de la chambre une vieille marmite, d'un autre une écuelle ; distribuant des tapes à son chien, pour l'empêcher de monter sur nous ; et

ne cessant de répéter : « Mon Dieu !
» Que de bonté ! Que je suis fâchée !
» . . . si au moins j'avais été préve-
» nue, vous n'auriez pas trouvé ce
» fouillis-là. J'aurais eu du lait . . . .
» Mais si vous voulez attendre quel-
» ques instans. . . . — Avec bien du
» plaisir, ma chère Marotte. » Elle nous quitta pour aller en chercher.

Elle venait de partir, lorsque, par le chemin opposé, nous vîmes arriver une vieille femme portant un paquet. Elle fut fort étonnée de nous rencontrer-là : mais la bonté de ma tante était si connue ! Cette femme, sur son invitation, entra avec confiance ; et se trouvant tout de suite à son aise, elle se mit à nous raconter *comme quoi elle venait d'être bien malade, comme quoi elle aurait manqué de tout, si la Providence ne lui avait pas envoyé Marotte.*

« Imaginez-vous, mes bonnes Da-
» mes, ajouta-t-elle, que cette sœur
» a ôté deux fois, sauf votre res-
» pect, sa chemise de dessus son
» corps pour me la donner; et s'est
» enretournée avec sa robe de bure
» sur sa chair. Not' premier ouvrage,
» drès que j'ons eu un brin de force,
» j'ons buandé la mienne, je l'ons
» raccommodée le mieux que j'ons
» pu; après ça j'ons buandé les deux
» siennes; et je les lui rapportons
» avec ç'te petite galette de sarasin,
» ousque j'ons mis le plus de beurre
» qui nous a été possible. Et c'qu'y
» a de plus beau dans ç't'humanité

» de not'sœur, c'est que j'savons
» bian qu'en tout all' n'a que trois
» chemises. »

Nous apperçûmes alors Marotte qui revenait. Ma tante fit cacher la vieille femme; et quand la sœur fut arrivée... « Ma chère Marotte, » lui dit-elle, « ma nièce veut acheter de
» la toile pour des chemises dont elle
» veut faire présent. Je lui ai con-
» seillé de l'avoir pareille à celle des
» tiennes; montre-nous-les. — Ce
» n'est pas si pressé. — Au contraire,
» ce l'est beaucoup. — C'est que...
» — Eh bien! quoi? — Pardi! v'là
» bien tant de façons que je fais:
» je les ai engagées pour avoir du
» vin. Vous savez bien que j'aime le
» petit coup. — Comment! Marotte!

» à ce point-là ! — Dame ! que voulez-vous ? Chacun a son faible : » c'est là le mien. — Femme respectable ! que ton mensonge est sublime ! Va ! le secret de ta charité » est découvert. » (Elle fit paraître la vieille.) « Les voilà. Permets que je » les donne à cette pauvre femme. Je » me charge du remplacement. »

« Je le veux bien, dit la sœur : » mais gn'y a, ma foi ! pas là de quoi » tant s'épouffler. Ç'te pauvre femme » était dans des sueurs qui l'auraient » tuée, si elle ne s'était pas rechangée de linge. Elle n'en avait pas ; » vous n'étiez pas encore arrivée ; » et j'aurais souffert, moi qui pouvais . . . ! Jarny ! si Marotte était » capable de ça, elle ne serait pas

» digne de votre amitié, vous qui êtes
» le recours à tous les nécessiteux,
» ainsi que ces bons jeunes gens qui
» sont là attendris comme vous. »

En effet nous l'étions jusqu'aux larmes, ainsi que la vieille femme qui embrassait les genoux de ma tante : mais ce qu'il y avait de plus intéressant dans le tableau, c'était la grosse sœur conservant son air de sans-souci au milieu de l'attendrissement général.

« Ah ! ca, » dit-elle, « v'là qui
» est bel et bon : mais le lait que
» j'ai apporté était chaud. Si nous
» nous amusons à deviser, il ne le
» sera plus. Allons ; allons. » En même tems, elle mettait sur une table de noyer des écuelles de terre,

des cuilleres de bois, un quartier de pain bis.

La vieille femme s'en alla, emportant, avec ses chemises, quelques pièces de monnoie, que nous lui donnâmes; et nous nous mîmes à déjeûner; ensuite à écouter la fin de l'histoire de Marotte, qu'elle reprit ainsi.

CHAPITRE

CHAPITRE XV.

FIN DE L'HISTOIRE DE LA SŒUR MAROTTE.

« ME v'là donc veuve au milieu d'un régiment. Quand j'eus bien pleuré, je ne pleurai plus ; et si pourtant je regrettais toujours mon pauvre Va-de-bon-cœur. Mais ces soldats, qui ne jugeaient que sur l'apparence, et qui croyaient que j'étais à-peu-près consolée, parce que j'en avais l'air .... c'était la *petite veuve* par-ci, *la belle vivandière* par-là, *ma chère Marotte* ailleurs : *je vous aime*, — *je vous adore*, — *je brûle d'amour pour vous*. — *En m'épousant vous serez la femme d'un bon garçon. — Prenez-moi, je suis sergent ; et j'ai du quibus.* — Autant de galimatias perdus, parce que je sentais bien qu'après le cher défunt, aucun autre ne me serait plus de rien. Ces Messieurs, qui voyaient que je ne me fâchais pas, croyaient qu'il n'y avait qu'à se baisser.... Oh ! mais, je dis, pas de ça. Je vous donnais une tape à droite, une gifle à gauche. Eh bien ! gn'y avait ni tape, ni gifle qui pût y faire ; ils recevaient ça doux comme miel, et n'en recommençaient que de plus belle. Voyant que ces recommencemens-là n'ameneraient jamais de fin, je pris mon parti de planter là mes adorateurs. »

« Je vins dans une petite ville, lever une espèce de café. Les godelureaux de l'endroit s'amusèrent à m'ennuyer de leurs fleurettes, et à boire ma liqueur à crédit. Ils m'ennuyèrent tant, que j'envoyai la boutique au diable ; et ils avaient tant bu à crédit, que le diable n'en aurait pas voulu pour une pistole. »

« Je fus obligée de me remetrre en service. J'ai été dans je ne sais combien de maisons. Dans chacune, j'y ai fait le plus que j'ai pu : mais ça ne se trouvait presque jamais rien à côté de ce que l'on exigeait. Et puis, tant que j'ai été passable, c'était un tourment sans fin. Jeunes étourneaux, vieux patelins, aigrefins, richards, laquais et maîtres ; douceurs par-ci, propositions par-là ; c'était comme les moucherons du bord de l'étang, que gn'y a pas moyen de faire un pas, sans en avoir des nuées qui vous bourdonnent aux oreilles. »

« Enfin, le Ciel m'inspira de me faire ce que je suis ; et, chaque jour, je le remercie de ç't'inspiration-là, sur-tout du depuis qu'il m'a conduite ici ; car, nous autres, pauvres sœurs, nous pouvons bien donner nos soins : mais nous ne pouvons que ça ; faut que la charité des riches fasse le reste : et ce reste là, qui est le plus principal cependant, ça ne manque pas dans un pays ous'qu'il y a .... »

Ma tante interrompit la sœur, la remercia de la complaisance qu'elle avait eue; et, avant la fin de la journée, elle eut une pièce entière de toile, pour remplacer le don fait à la vieille femme.

CHAPITRE XVI.

RÉFLEXIONS TRISTES.

COMBIEN nous devions nous trouver heureux, mon cousin et moi, avec l'être respectable dont l'approbation sanctifiait notre amour, et dont la bienfaisance continuelle attirait sur nous les bénédictions du pauvre ! Cependant il n'était pas pur, notre bonheur. Cette teinte habituelle de mélancholie qu'avait notre tendre mère ; ses yeux que, tous les matins, nous trouvions battus et rouges, que nous trouvions de même, dans le jour, pour peu qu'elle eût été seule ; les rêveries dans lesquelles elle tombait sans cesse ; le sourire forcé qu'ensuite elle appellait sur ses lèvres, pour nous donner le change ; des soupirs retenus ; souvent de ces phrases, comme j'en ai cité quelques-unes, suspendues et reprises avec un sens différent de celui que le commencement promettait ; en un mot, cette expression de tristesse concentrée, qui ne l'abandonnait jamais, pas même dans les momens où elle satisfaisait l'unique penchant de son cœur, celui de faire le bien. . . . . En vain affectait-elle un air calme, en vain employait-elle le prétexte des vapeurs. Tout disait qu'elle était en proie à des peines secrettes....

Hélas ! il fallait que ce fût depuis long-tems. Son fils l'avait toujours vue dans cet état. Il se perdait en conjectures; ou plutôt il n'osait s'arrêter sur aucune, dans la crainte de trouver son père coupable. Pour moi, je ne me dissimulais pas que ce pouvait être le caractère dur et emporté de mon oncle, peut-être pis encore. Les craintes qu'il m'avait inspirées revenaient alors, et j'éprouvais les pressentimens les plus noirs.

CHAPITRE XVII.

RENCONTRE D'UNE FEMME SAUVAGE.

Un jour que, dans une promenade, solitaire, je m'abandonnais aux idées que faisait naître l'affligeante situation de ma tante, je m'écartai un peu du côté de la mer. (Sa maison de campagne était sur les côtes de ***).

Je me trouvai, sans m'en appercevoir, sur le terrain d'une autre paroisse. Peut-être me serais-je encore éloignée davantage, si je n'eusse été tirée de ma rêverie par un très-grand bruit. J'apperçois une foule de paysannes dans un verger, et, au pied d'un arbre, une femme dont les vêtemens et la chevelure étaient dans un désordre qui paraissait être la suite d'un naufrage. Elle était armée d'un pieu arraché à la palissade du verger, et, le brandissant en l'air, elle tenait en respect cette foule de paysannes qui s'étaient ameutées contre elle, parce qu'elles l'avaient trouvée cueillant et mangeant des fruits. Sa faiblesse, son intrépidité m'inspirent un intérêt pressant. Je m'approche ; j'examine........ De tous les tems, les relations de voyageurs, ou les romans qui parlent des Sauvages, avaient été ma lecture favorite ; mon goût même pour ces sortes d'ouvrages avait toujours été une espèce de passion.... La forme singulière des habits de cette femme, la vigueur de ses attitudes, la force de ses mouvemens, la fierté de son regard.... Mon imagination se frappe. — *C'est une Sauvage* ! me dis-je à moi-même : et, sur le champ, me rappellant mes lectures, j'engage la foule à se contenir, je prends une branche, je vais au-devant de l'étrangère..... Je ne m'étais pas trompée. Elle jette son arme, court à ma rencontre, prend la branche, la partage.... m'adresse quelques mots que je ne comprends pas. Je l'interroge ; elle me répond en français, qu'elle venait en Europe ; que le vaisseau qui l'avait amenée, ayant échoué sur le sable, à peu de distance du rivage; elle avait gagné la terre à la nage; que, pressée par la faim, elle avait voulu prendre quelques fruits, mais que *les Européens étaient des barbares.*

« Ne les condamne pas avant de les connaître, » lui dis-je, « et surtout ne les condamne pas tous. » Viens avec moi; tu en verras dont » tu admireras la bienfaisante humanité. — Je te crois, » me répondit-elle; « avec toi, j'irais au bout » du monde; tu m'inspires de la con» fiance. »

Je donnai ce que l'on demanda pour le fruit qu'elle avait pu manger, et je repris avec elle le chemin de la maison.

Ma

Ma tante et mon cousin, inquiets de ma longue absence, venaient au-devant de moi. Ils furent fort surpris de me voir avec une compagne si singulièrement accoutrée, l'une et l'autre tenant toujours nos rameaux de paix. Je leur racontai ce qu'on vient de lire.

« Mon enfant, » me dit ma tante, » j'oublie l'inquiétude que tu nous as » causée. Tu nous en dédommages, » en nous amenant cette intéressante » étrangère, qui, sans nous, aurait » sans doute été le jouet du malheur. » — Ta fille ne m'a pas trompée, » lui dit la Sauvage; « la bienfaisance » est dans ton cœur. Je t'ouvrirai le » mien; et je suis sûre que, si tu le » peux, tu finiras les maux d'Azakia.

» Je suis fatiguée. Permets que je » dorme sous ton toît. Au prochain » soleil je te raconterai mes peines. »

On connaît trop Madame de Verval pour ne pas juger l'accueil touchant qu'elle lui fit.

Le lendemain, quand nous nous levâmes, nous trouvâmes Azakia dans le jardin, où les domestiques nous dirent qu'elle était dès avant le jour. Ils ajoutèrent qu'ils la croyaient folle. Son air et sa démarche pouvaient justifier cetre idée : mais c'est l'effet des affections vives et profondes. Tout entier à son objet, on s'isole au milieu de la foule ; on se croit seul dans l'univers ; on s'abandonne librement à ses sensations ; et la froide indifférence appelle cela folie, parce que la froide indifférence, accoutumée à une manière d'être monotone, appelle folie tout ce qui sort du cercle étroit des formes qu'elle a imaginées.

Dès qu'Azakia nous vit, elle vint au-devant de nous, en traversant les planches du jardin, parce que c'était le chemin le plus court. Et le jardinier de la regarder avec autant d'humeur que de surprise.

« Amis, » nous dit-elle, « je vous » attendais avec impatience; et, en » vous attendant, je priais votre Dieu, » qui à présent est le mien aussi, » de verser le bonheur dans vos ames » bienfaisantes. Mes vœux se sont » élevés au Ciel avec la rosée du

» matin. L'Eternel les aura entendus ;
» et les vœux de l'infortuné pour
» ceux qui le consolent, il les exauce
» toujours. Hélas ! qui est plus in-
» fortuné qu'Azakia ? Ecoutez-la, la
» pauvre Azakia : et, s'il n'y a plus
» de remède à ses maux, pleurez
» avec elle, cela suspendra ses dou-
» leurs. . . . . . Mais venez sous ce
» berceau qui voit lever le soleil.
» Ainsi était placée la cabanne où
» j'ai passé avec lui des jours si
» heureux, où j'ai depuis versé tant
» de pleurs. »

Nous y allâmes. Quand nous eûmes pris place, elle mit la main sur son cœur, l'y appuya fortement, leva les yeux au Ciel, les reporta sur la terre, en prononçant quelques mots que nous ne comprîmes pas, mais qu'elle accompagna d'un accent pénétrant. Elle resta plusieurs minutes dans cette attitude, oubliant que nous étions-là. Elle la quitta pour ouvrir les bras, et les ramener contre sa poitrine, en les y pressant avec force, comme si elle eût étroitement embrassé quelqu'un. Elle agitait ses lèvres, comme si elle eût donné les plus tendres baisers. Ses yeux étaient brillans, son teint animé.... Tout-à-coup elle laisse aller ses bras, qui tombent abandonnés; son œil s'éteint; ses couleurs disparaissent; un long soupir s'exhale de sa poitrine..... « Ah! pardon, » nous dit-elle, « son

» image était là. Je l'ai tenue sur
» mon cœur. Elle a disparu. O mes
» amis ! plaignez la pauvre Azakia :
» mais écoutez son histoire. »

CHAPITRE XVIII.

HISTOIRE D'AZAKIA.

« Je suis née sur les bords de l'Ohio. J'avais déjà vu quatorze fois les arbres de nos forêts prendre et quitter leur verdure, lorsque, dans le cours de la même lune où je perdis mon père, mes compatriotes revinrent d'une expédition, avec plusieurs prisonniers Européens. »

« Parmi eux était un jeune Français.... Dès que je l'apperçus, mon cœur me dit de l'aimer..... Les femmes ont chez nous le droit de faire grace. Je priai ma mère d'user de ce droit pour le bonheur d'Azakia. Elle emmena le prisonnier. Bientôt il entendit mon cœur ; bientôt son cœur répondit au mien. Alors nous n'eûmes plus qu'une même natte ; et nos journées et nos nuits s'écoulèrent dans le bonheur. Pour y mettre le comble, je donnai le jour. . . . . Ma fille aurait à-peu-près ton âge, » me dit-elle en s'interrompant brusquement, et portant sur moi un regard exalté. « Est-ce là ta mère ? » Je lui répondis que je n'en avais point. « Eh » bien ! sois ma fille ; je me croirai » mère encore ; et mes maux seront » moins cuisans. Dis : le veux-tu » ?

Je regardai ma tante, qui me fit signe de me prêter à cette idée.

« Je le veux bien , » lui répondis-je , « si cela peut diminuer tes peines. » — Viens donc , » me dit-elle , « te » placer un instant sur mon sein. » J'y allai. « Etre suprême , sois té- » moin que je l'adopte au lieu de la » fille que tu m'as enlevée. Je lui » jure , dès ce moment , de l'aimer « de même. »

Après différens gestes bizarres , mais dont l'ensemble avait quelque chose d'auguste , après beaucoup de baisers, elle étendit un pan de son vêtement , sur lequel elle me fit asseoir , et continua ainsi :

« Nosrou , (c'est le nom que j'ai donné à mon époux , et qui veut dire *mon bonheur*) ; Nosrou m'avait appris sa langue , sa religion ; il m'avait rendue chrétienne avec des cérémonies qu'il renouvella sur sa fille, au moment de sa naissance. Il n'avait qu'un desir ; c'était de retourner en France avec nous. Ses desirs étaient des loix pour Azakia : mais je ne voulais pas que ma mère, qui était malade et sur le bord de la tombe, y descendît abandonnée, comme si le Ciel ne lui avait pas donné un enfant pour fermer sa paupière..... Je ne tardai pas à lui rendre ce triste devoir. A peine s'était-il écoulé quinze lunes depuis la naissance de Zémia......»

« Plus rien ne me retenait dans ma patrie. Nosrou me conduisit dans une ville, où nous vendîmes des pelleteries dont nous nous étions chargés;

et nous nous embarquâmes pour l'Europe. Je dis un triste adieu à ma terre natale. .... O Nosrou! tu ne vis pas ma douleur; je te la dérobai. Des menaces que mes anciens Dieux me firent en songe ..... Hélas! elles ne furent que trop réalisées...... Une tempête horrible.....»

Elle s'arrête. Elle croit voir les flots écumer devant elle. Une de ses jambes est repliée sous elle-même, pour éviter leur atteinte..... L'autre étendue, se cramponne sur le terrain, pour résister à leur effort. Son corps est porté en arrière autant que l'équilibre le permet. Ses mains en avant repoussent le spectacle que son imagination lui présente. Sa bouche est en même tems béante et contractée.

Son œil, ouvert de toute l'extension des paupières, a le regard fixe de l'effroi. L'arc de ses sourcils est déformé. Le mouvement brusque qu'elle a fait en prenant cette attitude, l'élévation forcée des muscles de son front, la violente crispation de ses nerfs, ont comme hérissé ses cheveux..... Sa respiration est suspendue....... Après quelques instans d'une effrayante immobilité....... « Mon époux! ma fille! » s'écrie-t-elle, avec un accent déchirant, et faisant le mouvement de vouloir les arracher aux flots. Puis se relevant, et versant un torrent de larmes..... « Azakia n'a plus d'époux! Azakia » n'a plus de fille! Azakia n'a plus » rien! O vous! Dieux inutiles de

» mon

» mon enfance ! Et toi ! Dieu que mon » amant m'a donné . . . . . ! » Elle se leva, et se promenant à pas précipités, elle ajouta dans son langage quelques mots qui nous parurent des imprécations.

Ensuite, courant au ruisseau, elle puisa de l'eau dans le creux de sa main, en but quelques gorgées, en répandit à plusieurs reprises dans son sein; exhala ce soupir sourd et prolongé qui suit et termine les vives oppressions; et se rasseyant auprès de nous . . . . « Mes amis, » nous dit-elle, « je brûlais. Cette eau m'a soulagée; je vais continuer. »

« En sortant du sommeil de la mort, je me trouvai sur une plage, où la mer m'avait jettée. J'y restai encore pendant deux soleils, attendant que chaque flot qui venait mourir à mes pieds, y apporterait les autres parties de moi-même. Des chasseurs du grand lac me trouvèrent presque morte. Ils m'emmenèrent malgré moi dans ma patrie. »

« Hélas! je les ai vus quatorze fois repartir pour la grande chasse. Ils me laissaient dans la douleur; ils m'y retrouvaient à leur retour. Depuis quelques années..... Elle n'a point été diminuée, la douleur d'Azakia. Azakia la conservera aussi long-tems que sa vie: mais j'ai goûté la douceur de m'entretenir du pays de mon amant, de parler sa langue, avec des Français que le malheur a forcés de chercher un asyle parmi nous. »

« Il y a quelques lunes que, pendant mon sommeil, le Génie du destin m'apparut plusieurs fois, pour me dire que Nosrou n'avait pas péri dans les flots, qu'il était dans sa patrie, toujours fidèle à sa fidelle Azakia. Dans plusieurs rêves, je l'ai vu lui-même.... Mes compatriotes me donnèrent les plus belles fourrures de leur dernière chasse; quelques-uns m'aidèrent à les porter jusqu'au premier comptoir. Avec leur produit, je me suis embarquée pour la patrie de mon amant. Je la voyais cette patrie, lorsque le vaisseau a été poussé sur un banc de sable. Il fallait attendre la marée, le changement de vent, ... L'impatiente Azakia ne pouvait rien attendre. Je me suis élancée dans la mer. J'ai gagné la terre à la nage..... J'errais depuis quelques heures, lorsque ma fille d'adoption m'a sauvée de l'attaque de ces barbares, qui voulaient m'empêcher de recevoir de la terre quelques fruits qu'elle m'offrait, pour appaiser la soif et la faim dont j'étais dévorée. »

« Ecoute, ma *fille*; écoutez tous.
» C'est Nosrou qu'Azakia vient chercher dans ces climats. Apprenez-lui
» où est Nosrou; et la reconnoissante
» Azakia appellera sur vos têtes les
» bénédictions du Ciel. »

CHAPITRE XIX.

ON RETIENT AZAKIA.

LA question était pressante. Elle nous embarrassa. Comme elle m'était principalement adressée ; comme c'était de moi que, par son regard, Azakia semblait attendre une réponse ; ma tante me fit signe de la faire. Après que des yeux je l'eus concertée avec elle :

« Pauvre Azakia, » lui dis-je, « tu ne » sais pas que la France est infiniment » plus grande et plus peuplée que ta » patrie. Le hasard seul peut t'y faire » trouver ton amant ; les courses » que tu ferais pour le chercher

» t'en éloigneraient peut-être ; et tu » rencontrerais à chaque pas des cruels » qui te disputeraient les fruits de la » terre. Avec nous, tu ne manqueras » de rien ; et, si ton amant vit encore, » si le Ciel veut vous réunir, le Ciel » l'amenera parmi nous. »

« O Azakia ! ô Nosrou ! » s'écria cette infortunée. Elle tomba dans une espèce de stupeur. . . . . . « O ma » nouvelle fille ! » dit-elle après un assez long silence : « je m'abandonne » à tes conseils. Ce que tu me dis est » déchirant. Mais ta douce voix per» suade Azakia. Ta vue, celle de » cette femme respectable, et de ce » jeune homme, qui, comme toi, » paraissent avoir la bonté pour » partage, me fait goûter un calme

» que je n'ai pas encore connu depuis » le jour fatal..... Le voulez-vous » bien tous, que je reste parmi vous, » pour attendre Nosrou à l'ombre de » votre bienfaisante hospitalité ? »

« Je t'en prie, » lui dit ma tante, « et s'il est en moi de finir tes maux, » crois que tu ne souffriras pas long- » tems. — Intéressante personne, » ajouta mon cousin, « tes malheurs » te donnent des droits sur tous les » cœurs sensibles ; mais tu en as de » particuliers sur le mien, en aimant » ma Victorine. — Elle est ton » épouse ? — Non : mais elle le » sera. — Tant mieux. Le Ciel veut » le bonheur de la terre, quand il » unit deux êtres bons et compatis- » sans, deux êtres..... »

Elle s'était levée brusquement ; et aspirant l'air...... « C'est de ce » côté, » nous dit-elle, « qu'est la » mer ? — Oui. — Bien loin ? — En » montant sur cette hauteur, au bout » du jardin, on peut la voir.... » Le mot n'était pas fini, qu'elle se mit à courir de ce côté avec la légéreté d'une biche. Quand elle y fut arrivée, nous lui vîmes faire des démonstrations de joie. Elle revint ensuite vers nous. — « C'est vrai, » c'est vrai, » nous dit-elle, « de là » on la voit. Dans tous les rêves qui » m'ont offert Nosrou, c'était la mer » qui me l'apportait. C'est par-là qu'il » viendra...... Mes amis, donnez-» moi cette place, d'où on voit la » mer ; et laissez votre jardin ouvert,

» pour que je puisse aller sur le » rivage. »

« Cette place est à toi, » lui dit ma tante, « et tu auras une clef du jar- » din. — Femme bienfaisante ! tu » étais digne d'être sauvage. »

Elle nous quitta pour aller s'établir sur la butte.

CHAPITRE XX.

ENTREVUE DE MAROTTE ET D'AZAKIA.

QUELQUES instans après, la Sœur arriva. « Eh bien ! » nous dit-elle de tant loin qu'elle nous vit, « qu'est-ce » qu'ils m'ont donc conté de cette » femme qui est pis qu'un diable ? » — C'est une pauvre Sauvage.... » — Jésus ! Maria ! Une Sauvage ! Et » vous avez hébergé ça ! Et vous ne » craignez pas d'être croquée, une » de ces nuits ? — Non, ma chère » Marotte ; elle est au contraire fort » douce.... — Mais comment donc » est-ce que c'est fait une Sauvage ?

» Je voudrais bien la voir, en com-
» pagnie pourtant. Ce n'est pas que
» je sois poltronne. Jarny ! Je ne me
» suis jamais laissé écornifler ma
» soupe, sans casser mon écuelle sur
» le nez de celui-là qui s'en avisait :
» mais une Sauvage ! On n'est pas
» élevée à n'avoir pas peur de ça. »

Azakia s'était éloignée du côté de la mer : nous ne pouvions plus la montrer à la Sœur ; et ce ne fut pas sans beaucoup de peine que nous rectifiâmes un peu ses idées. Nous lui racontâmes ensuite l'histoire d'Azakia. — « Oh ! c'est différent, cette
» Sauvage-là. Elle avait épousé un
» Français, et de plus elle est bap-
» tisée. Que ne me disiez-vous ça
» d'abord ! Elle me faisait peur.

» V'là qu'à présent elle me fait com-
» passion. Ç'te pauvre femme ! Elle
» n'oubliera donc pas plus son Nos-
» rou, que je n'oublierai mon Fran-
» çois ? C'est beau, et ça m'intéresse. »
Il vint sur sa paupière une larme, qu'elle essuya du revers de sa main.

Lorsque Azakia reparut, la Sœur était seule....... Elle accourut vers nous toute effarée. « La voilà ! la » voilà ! » Et se blotissant derrière ma tante, ce fut par-dessous ses bras qu'elle regarda entrer Azakia. Quand elle nous vit lui parler, surtout quand elle l'entendit parler elle-même, elle se montra un peu ; et, son assurance allant toujours croissant, elle finit par être tout-à-fait à découvert. Alors, prenant un grand tour pour examiner Azakia, elle diminua insensiblement le cercle, jusqu'à ce qu'elle fût très-près.

« Je te fais peur ? » lui dit Azakia. Et la pauvre Sœur de sauter trois pas en arrière. « Que crains-tu ? — Oh ! » rien. — Si tu savais combien je » suis infortunée, tu me plaindrais, » au lieu de me craindre. — Oh ! » je sais, je sais. Tu as perdu ton » Nosrou, comme j'ai perdu mon » François. — Tu as aussi perdu ton » époux ? Hélas ! oui. — Eh bien ! » soyons amis. Qui est-ce qui s'ai- » mera, si ce n'est les malheureux ? »

Ce début apprivoisa la Sœur. Elle ne témoigna plus de surprise qu'à dîner, en voyant qu'Azakia était à-peu-près au fait de nos usages. Elle s'attendait à lui voir déchirer ses viandes comme un vautour.

Azakia, de son côté, ne concevait pas la Sœur, assurant qu'elle regrettait son cher François, et buvant rasade sur rasade, ayant à chaque instant la larme à l'œil, et finissant toujours par, *mais faut se faire une raison*, ou quelqu'autre sentence du même genre. Cependant, avant la fin du jour, elles étaient faites l'une à l'autre. Par la suite, Azakia s'étonna moins de ce mélange d'insouciance et de sensibilité qui caractérisait la Sœur; et celle-ci, accoutumée à l'exaltation qu'Azakia mettait dans ses actions, comme dans son langage, ne tarissait plus sur son éloge.

CHAPITRE XXI.

DIVERS TRAITS D'AZAKIA.

« C'est vraiment bien fâcheux » qu'elle soit comme ça, » répétait souvent la Sœur ; « car faut dire » qu'elle est serviciable comme on ne » peut pas davantage. Rencontre-» t-elle la petite fille venant de la » fontaine ? elle lui porte sa cruche. » Trouve-t-elle le jardinier la bêche à » la main ? elle se met tout de suite » à lui aider ; et elle y va d'un train » que si on ne la retenait pas, elle » aurait culbuté le jardin avant qu'on » s'en soit douté. Y a-t-il un arbre à

» abattre ? elle prend une hache, » et à chaque coup, elle vous y fait » des entailles que les meilleurs bu- » cherons en sont ébahis. Et c't'autre » fois donc que ce sanglier, que les » chiens de la ferme avaient mis en » rage, est venu jusques dans le pré » ous'qu'il y avait les enfans du fer- » mier, c'était fait d'eux . . . . . Elle » voit ça : il y avait là une fourche, » elle vous l'empoigne comme une » allumette, la lui enfonce dans la » gargamelle comme dans du beurre, » et patapouf, le v'la par terre. Et à » tout ça point de remercîmens ; on la » fâcherait si on voulait lui en faire. » Mon Dieu ! quel dommage que c'te » pauvre femme ait le cerveau un » tantinet fêlé, et qu'elle ne soit

» chrétienne que par racroc ! C'est » au demeurant la meilleure créature » du monde, et je l'aime de tout » mon cœur. »

Chacun en disait autant, parce qu'en effet elle était, suivant l'expression de la sœur, *serviciable comme on ne peut pas davantage.*

Elle avait de plus pour nous ces soins continuels et délicats que le cœur seul sait conseiller.

Mais ni les services qu'elle rendait, ni ses soins pour nous, ne la détournaient de l'objet qui l'occupait uniquement. Elle ne songeait qu'à Nosrou ; elle demandait Nosrou à la nature entière.

Sur le tertre qu'elle avait prié ma tante de lui donner, elle avait construit une cabanne avec des pieux et des branchages entrelacés. L'ouverture était du côté de la mer. Elle y passait les nuits et une partie des jours. De là elle guettait la marée montante ; et, quand elle la voyait commencer , elle courait vîte au rivage , voir si le flot ne lui apporterait pas son amant. Elle y courait encore, dès qu'elle appercevait quelques voiles : et, si, pendant la nuit, elle entendait ou croyait entendre le sillage d'un vaisseau , elle y courait encore. Là était un écho qui sans cesse redisait et le nom de Nosrou, et les prières qu'elle adressait aux flots.

Un jour que je l'avais suivie , je la vis arrêter l'un sur l'autre , avec un lien de joncs, deux morceaux d'écorce. Elle allait jetter à la mer cette espèce de coffret, quand elle m'apperçut.... « Tu regardes, » dit-elle, « et tu ne comprends pas ? » Attends : je vais te montrer ce que » c'est. » Elle défit le lien de joncs qui retenait les deux écorces ; et, me faisant voir une branche de myrthe, qui y était renfermée : « Examine », dit-elle, « ce qu'il y » a sur ces feuilles. — Je n'y vois » rien. — Tu m'étonnes. Toi, ma » fille ! ne pas appercevoir les mys- » tères de l'amour ! Eh bien ! écoute. » Tous les matins, je détache une » branche de cet arbre, que l'on m'a » dit être dans ces climats celui des » amans. Chaque fois que j'entends

» chanter l'oiseau doré, je la couvre » de baisers; et, quand la mer quitte » ce ivage, je lui confie ce dépôt, » pour qu'elle le porte à Nosrou. » Aujourd'hui, j'y joindrai ce bou- » quet de pensées. Elles se sont flé- » tries sur le cœur de la pauvre » Azakia : mais sur celui de Nosrou, » elles reprendront leur fraîcheur. »

Elle refit le coffret, le jetta à la mer, le suivit des yeux tant qu'elle put l'appercevoir; ensuite elle répandit quelques larmes, et prononça dans son langage plusieurs mots, qui semblaient être des vœux, pour que ses baisers parvinssent à Nosrou.

Elle avait trouvé un creux de rocher semblable à quelques égards à l'endroit où Nosrou lui avait dit la première fois qu'il l'aimait. Elle y éleva une espèce d'autel. Au moment où le soleil se couchait, moment où elle avait connu le premier bonheur, elle le couvrait de fleurs, qu'elle renouvellait tous les jours ; et celles de la veille, elle les emportait dans sa cabanne, où elle les conservait avec soin, « pour en avoir, » disait-elle, « encore à offrir à son amant, » lorsque le vent du nord n'en lais- » serait plus sur la terre. »

Elle aimait à savoir le nom de celles dont elle composait son offrande. Une fois il s'y trouva des soucis. Dès que nous les lui eûmes nommés : « Ce mot, » nous dit-elle, « ne signifie-t-il pas aussi des peines, » des inquiétudes ? » Nous lui répondîmes que oui. Aussi-tôt elle culbuta les fleurs, et ne fut tranquille que quand elle se fut bien assurée qu'il n'en restait pas une seule de celles-là.

« O Dieu! » s'écria-t-elle, « fais » en sorte qu'Azakia seule les con- » naisse! » Elle en fit un bouquet, qu'elle mit dans son sein. « Tristes » fleurs, » ajouta-t-elle, « vous êtes » à votre place sur le cœur d'Azakia. » La pauvre Azakia vous arrosera de » ses larmes.

Cependant Nosrou n'absorbait pas sa sensibilité. Elle avait véritablement pour moi la tendresse d'une mère adoptive. Elle aimait mon cousin comme l'époux de sa fille; et, pour ma tante, elle avait un attachement mêlé d'admiration et d'inquiétude. — « Qu'as-tu donc, » lui disait-elle un jour ; « quel chagrin » recèles-tu dans ton ame ? Toi qui » fais le bonheur des autres, tu » parais accablée par la douleur ! » Aurais-tu aussi perdu ton amant ? »

« Au contraire, » dit Madame de Verval ; et s'arrêtant, suivant son usage, pour reprendre avec une inflexion différente, elle ajouta.... » Mon époux jouit d'une bonne santé : » tu le verras bientôt ; je viens d'apprendre son retour. — Tant mieux, » répondit Azakia, « s'il est digne de » toi. — Tant pis, » dis-je en moi-même ; « car il n'est pas digne d'elle. »

CHAPITRE XXII.

QUEL INTÉRÊT LES ÊTRES BONS INSPIRENT !

CETTE réflexion n'était que trop fondée. La lettre que ma tante venait de recevoir, j'ai su depuis que M. de Verval y exhalait une colère portée jusqu'à la fureur contre sa femme, parce qu'elle avait autorisé l'amour de son fils pour moi. Cette lettre lui fit une révolution incroyable. Pendant la soirée, elle regarda souvent mon cousin et moi avec une expression qui nous surprenait, mais que nous ne pouvions interpréter, ignorant ce que contenait la lettre.

Le

Le lendemain, nous lui trouvâmes l'air plus abattu qu'à l'ordinaire. Elle se plaignait d'un violent mal de tête. La Sœur proposa des ptisannes. Mon cousin voulait aller à la ville chercher un Médecin. Ma tante s'y opposa, en nous assurant que c'était peu de chose. Nous nous efforçâmes de la croire.

Quand Azakia le sut, elle alla cueillir une tête de pavot, qu'elle effeuilla. « Tiens, » lui dit-elle, « mets cela sur ton front ; fixe-le avec » un ruban : demain, au lever de » l'aurore, tu recevras la rosée du » matin, et tu seras bientôt soulagée. » Tous les jours, je me promène » dans les champs, pendant qu'elle » tombe, je la reçois comme les

» fleurs que le soleil de la veille a
» brûlées; elle me rafraîchit de même;
» et c'est l'instant du jour où Azakia
» souffre le moins. »

Ma tante eut la complaisance de la laisser lui placer sur le front ces feuilles, qui, au surplus, pouvaient faire du bien plutôt que du mal.

Nous n'avions, hélas ! que trop raison de nous inquiéter. Ma tante passa une nuit affreuse. Le matin, elle avait une fièvre effrayante; et, avant midi, elle était dans le plus grand danger.

Rien ne pourrait peindre la consternation que causa cet évènement. Mon cousin était parti au plus grand galop du cheval, pour avoir le Médecin. La voiture l'avait suivi avec toute la vîtesse possible. A chaque instant on allait sur les chemins pour guetter son retour. De tous côtés, les gens du village accouraient en larmes. La maison retentissait de cris de désespoir et de prières. Ici, une femme brûlait son cierge de la Chandeleur ; là, une autre mettait des reliques sur le lit. Celle-ci implorait un Saint, celle-là en invoquait un autre. On répétait des psaumes ; on promettait des neuvaines, des pélerinages, des offrandes, et surtout on conseillait des remèdes. La Sœur suait à grosses gouttes, se trémoussait, poussait, brusquait, voulait mettre à la porte tout le monde. J'étais au chevet de ma tante, que j'inondais de mes larmes. Azakia, au pied du lit, regardait dans un morne silence. Tout-à-coup elle fait un mouvement comme par inspiration, écarte ceux qui se trouvent près d'elle, et disparaît comme un éclair.

Enfin le Médecin arriva. Il fut au moment d'être étouffé par la foule. La première chose qu'il fit, ce fut d'exiger que ceux qui n'étaient pas de la maison sortissent de la chambre. On lui obéit : mais on resta entassé contre la porte, qui était ouverte ; et la crainte suspendit jusqu'aux respirations.

« Je ne saurais dissimuler, » dit-il, « qu'il y a du danger. Si . . . . . » Il fut impossible d'entendre le reste de la phrase. Les cris d'effroi qui partirent de la chambre voisine, nos sanglots. . . . . . « Paix donc, paix » donc, » criait la Sœur, qui tâchait d'en imposer par une bonne contenance. « Les pleurs ne guérissent personne : au contraire, vous lui fendez la tête. Songeons plutôt à ce » qu'il faut faire. »

Pendant ce tems, le Médecin écrivait une ordonnance. Il fait le geste de prendre son chapeau, pour s'en aller. A l'instant, tous ceux qui étaient entassés contre la porte, lancés par une impulsion générale, viennent tomber à ses pieds, et se joindre à mon cousin, à moi, pour le conjurer de rester. « Eh bien! je » resterai : mais il faut avoir au plus » vîte la potion que je viens d'ordonner. — Baillez-nous vot' papier, » disait l'une. « J'ons not' grand fils qui » court comme un Basque ; y sera » biantôt revenu. — Baillez-la plus-» tôt à not' homme, » disait une autre ; « y montera sur not' petit' ju-» ment qui va ne plus ne moins que » la poste. — Mes enfans, » leur dit mon cousin, « je suis touché de vos » offres : mais *j'ai là* un *cheval sellé*. » D'ailleurs, je veux faire exécuter » l'ordonnance sous mes yeux. »

En effet, il avait prévu cette course ; on lui avait préparé un autre cheval. Il partit. . . . . . La femme qui avait offert sa jument, l'envoya par son mari, pour faire relai au retour ; et nous eûmes bientôt la potion : mais la malade était dans le délire, et son état ne permettait aucun remède.

Dieu ! quel déchirant spectacle ! Ses lèvres livides, ses yeux tournés, son visage déformé, des mots sans suite, presque inarticulés, et qui semblaient déchirer au passage son gosier desséché. « Grand Dieu ! » disait-elle..... « Une première faute !....
» Son exécrable projet.......! La
» voilà !.... La voilà sur le bord
» de l'abîme...! Je ne puis....
» Mon père !..... Ce poignard...!
» Dieu ! Dieu ! où nous conduit un
» premier crime ? »

Quelquefois elle s'emparait de moi ; et, me pressant fortement contre son sein... « Qu'il vienne,
» le monstre !... Qu'il ose !... »
D'autrefois c'était à mon cousin qu'elle adressait la parole......

« N'y pense plus ; n'y pense plus !
» les souillures du crime . . . . ! O mon
» fils ! . . . O ma fille ! . . . O Dieu !
» Dieu ! où nous conduit un premier
» crime ? »

Ce fut daus cet état affreux que le jour la trouva, sans que l'on se fût apperçu qu'il avait été nuit. Il n'y avait plus pour personne, ni tems, ni heures, ni besoins, ni fatigues, ni jour, ni nuit. Il n'existait qu'une seule chose, dans la nature entière, le spectacle déchirant d'un être chéri, luttant contre la mort.

Dans la matinée, il y eut un moment de calme. On allait en profiter pour lui administrer les secours qui font la consolation des fidèles : mais bientôt elle retombe dans un état pire encore que celui dont elle sortait. Le Médecin ne donne plus aucune espérance. Nous sentons le froid de la mort circuler dans nos veines. Les larmes sont taries sur nos paupières brûlantes. On est prosterné, poussant des gémissemens sourds, dans l'attente du moment fatal.....

La porte est poussée avec violence. C'est Azakia, hors d'haleine, chacun de ses cheveux faisant un ruisseau de sueur, tenant d'une main plusieurs plantes, de l'autre deux cailloux. « Voilà sa guérison ! » s'écrie-t-elle. En même tems elle s'accroupit, broye les plantes entre les deux cailloux, en reçoit les sucs dans un vase ; et, s'approchant de la malade avec un air prophétique .... « Bois cela, » lui dit-elle. J'éprouvais, et j'allais témoigner des craintes : « Laissez-la » faire, » dit le Médecin ; « à présent tout est égal. »

Cependant Azakia la soulève, lui fait boire la liqueur ; la couvre avec des herbes qu'avant de partir, elle avait enfermées dans un four encore chaud, se met à faire autour de son lit toutes sortes de contorsions..... Après quelques instans, le Médecin sent la peau se détendre, un peu de moiteur s'établir, puis un commencement de sueur, puis une sueur abondante..... « Elle est sauvée ! » dit-il. Et toutes les voix s'écrient en même tems : *Elle est sauvée !* On pleure, on s'embrasse, on court çà et là, en répétant : *Elle est sauvée !*

C'est l'ivresse, le délire de la joie.... Le premier moment passé, la crainte revient s'emparer des esprits. On interroge le Médecin. Il continue d'assurer qu'il n'y a plus aucun danger. On se prosterne, on prie, chacun remercie son Saint, le chantre entonne un *Te Deum.* Le Médecin eut une peine infinie à faire cesser le bruit : mais les Saints n'y perdirent rien. On marmota les *oremus* tout bas ; ensuite on alla illuminer les chapelles de la paroisse, en attendant que l'on pût y suspendre les *ex voto* qui leur étaient destinés.

La Sœur, rayonnante de joie, se vantait de n'avoir pas perdu la tête, quoiqu'elle ne l'eût guère mieux conservée que les autres. Azakia avait ce genre de fierté que donne aux belles ames le succès d'une bonne action. Mon cousin et moi, nous couvrions de baisers notre tendre mère..... Nous demandions des explications à Azakia.

Quelques jours auparavant, dans un de ses accès d'exaltation, elle avait erré, pendant près de trente heures, sur le bord de la mer. A une huitaine de lieues de notre habitation, elle avait reconnu, dans une anfractuosité du rocher, quelques tiges d'une plante qui croît aussi sur le bord de l'Ohio, et dont elle connaissait la propriété. Le tems qu'elle avait passé dans le silence au pied du lit de la malade, elle l'avait employé à étudier les symptômes du

mal,

mal, pour savoir si cette plante était convenable. Quand elle s'en était cru sûre, elle était partie, ainsi que je l'ai dit, et avait fait d'une seule course les seize lieues de l'allée et du retour.

CHAPITRE XXIII.

LA CHÈVRE ET L'ENFANT.

COMME elle finissait de nous donner cette explication, on entendit à la porte de la chambre un bêlement plaintif. C'était cette pauvre Bébé, que j'avais négligée, et qui venait m'apporter son pis durci par l'abondance du lait. Le père même de l'enfant qu'elle nourrissait, avait oublié... Tant la douleur absorbait toutes les ames ! Il arrive au même instant, le portant dans ses bras. Dès que Bébé le vit, elle cessa les caresses qu'elle me faisait, pour aller bondir de joie autour du paysan, jusqu'à ce qu'il eût posé le berceau à terre. Quand il y fut, elle se plaça de manière que ses mammelles fussent au-dessus de la bouche de l'enfant, qui, les pressant de ses deux petites mains, se mit à têter avec une avidité douloureuse pour les spectateurs, parce qu'elle ne prouvait que trop combien il avait souffert.

Le premier besoin appaisé, il joua avec les poils de Bébé, qui paraissait vraiment sensible à ses caresses, et qui, en retour, lui léchait les mains et le visage. Criait-il ? elle se replaçait vîte pour lui rendre ses mamelles. C'était ainsi qu'elle avait coutume d'en user ; et, cette scène, je la voyais toujours avec intérêt :

mais cette fois, l'expression particulière qu'elle y mit la rendit encore plus touchante.

Et ce père qui était là, assis sur ses talons, auprès du berceau ; d'abord inquiet, ensuite rassuré, puis joyeux, riant à son enfant, baisant la chèvre, me répétant des remercîmens qu'il m'avait déjà faits mille fois, adressant de ferventes actions de graces au Ciel, qui avait conservé Madame de Verval !

Uniquement occupé des objets qui intéressaient son cœur, il n'appercevait même pas une foule d'hommes et de femmes, qui venaient sans cesse, pour s'assurer de nouveau qu'il n'y avait plus rien à craindre, et dont la plupart apportaient à Azakia des fruits, du lait, des fleurs pour l'autel de Nosrou, enfin ce que chacun pouvait imaginer, en reconnaissance de ce qu'elle avait *guéri leur mère*; on ne la nommait plus autrement.

CHAPITRE XXIV.

DIGRESSION.

OH ! qu'il est heureux, l'être dont les autres se croient les enfans ! Qu'ils sont précieux les fruits qu'il recueille de ses vertus, dans ces momens où les maux, prêts à détruire sa fragile existence, anéantissent tout pour lui ; tout, excepté les consolations que la tendresse vient lui offrir ! On voit la tombe avec moins d'effroi, quand on est sûr que des larmes sincères viendront l'arroser.

Combien, au contraire, elles sont poignantes, les peines que, dans de semblables instans, le méchant éprouve ! Que voit-il, le méchant, autour de son lit de mort ? Des indifférens, ou des êtres qui, destinés à le chérir, n'ont jamais pu lui donner accès dans leur cœur, parce qu'ils n'ont jamais pu en avoir dans le sien : une épouse qui, malgré ce que ce titre impose, malgré ce que sa vertu lui prescrit, ne peut se dissimuler que chaque soin rendu avec succès est une pointe ajoutée à une chaîne déjà trop déchirante : des enfans qui ne connaissent pas le charme de la piété filiale, parce que jamais ils n'ont goûté les douceurs de la tendresse paternelle : des domestiques qui ne tiennent que par le besoin de vivre à un maître dont la dureté les révolte. Et qui voit-il encore autour de lui, le méchant, après ceux que le devoir force d'y être ? Plus personne. Et, s'il veut se replier sur lui-même, que trouve-t-il au fond de sa conscience ? Le remords déchirant ; la certitude que pas une larme ne tombera sur son cercueil ; et, au-delà, la terreur des vengeances célestes. Et, s'il échappe à la mort, a-t-il la consolation de se tromper à la joie étudiée qu'on lui témoigne ? Non : la connaissance de soi-même lui ôte jusqu'à cette erreur.

CHAPITRE XXV.

NOUVELLE PREUVE DE L'INTÉRÊT QUE LES ÊTRES BONS INSPIRENT.

MAIS écartons ce tableau révoltant. Retournons auprès de cette femme respectable que le Ciel nous a rendue, et jouissons du spectacle touchant de cette foule de gens que leur attachement amène sans cesse auprès d'elle ; les femmes pendant la journée, les hommes en revenant des champs. Ils laissaient dans la cour leurs outils, leurs sabots, arrivaient sur la pointe du pied ; et, *merci un tel, cela va un peu mieux*, les rendait plus joyeux que n'aurait fait la plus riche récolte. Le Médecin prescrivait-il du vin vieux ? c'était à qui donnerait la plus belle généalogie au sien, pour le faire accepter de préférence. Ordonnait-il une compotte ? chacun prétendait avoir le plus beau fruit ; et tous en apportaient. Fallait-il aller chercher quelque chose à la ville ? on se disputait à qui y courrait. Il aurait fallu aller au bout du monde, que nous n'aurions eu d'autre embarras que de choisir entre ceux qui se seraient offerts.

La première fois qu'elle sortit, pour aller à l'église, rendre ses actions de graces à l'Être suprême, le village entier faisait foule autour de nous. On avait passé la nuit à sabler les chemins. Des toiles étaient tendues en l'air dans les endroits où il y aurait eu du soleil. Dès le matin, l'air retentissait du bruit des cloches. Quand nous fûmes arrivés, nous trouvâmes un banc garni, rembourré, calfeutré avec des couvertures. Les chapelles étaient illuminées, et parées des *ex voto*, que l'on avait eu le tems de faire exécuter. Le silence auguste qui régna dès que le service divin fut commencé, nous dit assez avec quelle ferveur la reconnaissance éleva les cœurs vers l'Eternel. Quand il fut fini, le Chantre qui, cette fois, était sûr de n'être pas interrompu, entonna un *Te Deum*. Toutes les voix se mêlèrent à la sienne; et ce chant universel avait une expression d'hilarité qui appella sur les paupières des larmes d'attendrissement. Nous eûmes le même cortège au retour. Il nous quitta à notre arrivée : mais, quelques instans après, chaque famille revint de son côté, apportant de quoi dîner sous les arbres du verger, que ma tante voyait de sa fenêtre ; ensuite le ménétrier, et danse, tant que le jour dura.

La grosse Sœur, à qui son état ne permettait pas de danser, et qui était avec nous auprès de ma tante, essayait de se dédommager en faisant par intervalles perdre terre en mesure à son pesant individu. Bientôt essoufflée de fatigue et de rire, elle reprenait ses sens avec la bouteille.

Heureusement

Heureusement elle avait conservé le privilége de son ancien métier de vivandière : elle eut beau reprendre souvent ses sens ; elle ne perdit pas la raison.

La pauvre Azakia s'éloigna : le spectacle de la joie ne pouvait que froisser son cœur.

Madame de Verval . . . . Hélas ! elle paraissait la partager cette joie : mais sous l'air de satisfaction qu'elle s'efforçait de montrer, on appercevait toujours cette ame minée par des peines secrettes. A celles que nous ignorions, se joignait encore le chagrin de ne pouvoir obtenir d'Azakia qu'elle se laissât instruire de nos dogmes. On avait malheureusement commencé par lui dire que la religion lui offrirait des consolations. « Des consolations , » s'était-elle écriée ; « tant que je n'aurai pas » retrouvé Nosrou ! Jamais , jamais. » Et il avait été impossible de s'en faire écouter.

CHAPITRE XXVI.

SÉPARATIONS.

MADAME de Verval était rétablie, si l'on peut appeller rétablissement d'être retournée à son état habituel de langueur : mais enfin c'était tout ce que nous pouvions espérer ; et, quoique ce fût bien peu au gré de nos vœux, nous en jouissions cependant, lorsqu'un nouvel évènement.... Un ordre qui prescrivait à mon cousin de joindre sur le champ..... Pour juger de l'état affreux dans lequel cet ordre me mit, il faut aimer comme j'aimais ; il faut se croire, comme je croyais être par l'arrivée de mon oncle, à la veille du bonheur, à la veille d'être unie pour jamais à un être chéri.

En vain Verval, aussi affligé que moi, s'efforçait-il de me consoler, de me rassurer par l'espérance d'un prompt retour. Nous allions être séparés ; je ne voyais que cela. . . . . O Azakia ! Je sentis bien alors que la perte de ce que l'on aime peut altérer la raison !

Verval, en arrangeant sa route, en me promettant de m'écrire de chaque ville où il s'arrêterait un instant, nomma Abbeville. Azakia était là. Elle lui saisit le bras. . . . « Que » viens-tu de dire ? » lui demanda-t-elle d'une voix altérée. « Recom- » mence, je t'en prie. » Il nomma de nouveau Abbeville. « C'est cela ! » c'est cela ! Voilà le nom de sa » patrie ! O mon ami ! emmène-moi, » je t'en conjure. O ma fille d'adop- » tion ! prie aussi ton ami qu'il » emmène la pauvre Azakia ; et n'en » veux pas à ta mère si elle te quitte. » C'est pour retrouver son Nosrou : » elle reviendra avec Nosrou. Il sera » ton père aussi. . . . . . O bon jeune » homme ! Ne refuse pas la pauvre » Azakia. »

Elle était à nos genoux qu'elle embrassait. Nous voulûmes lui faire quelques observations : elle eut un accès de fureur effrayant ; elle s'arrachait les cheveux, se tordait les mains, et son désespoir s'exhalait dans des termes inintelligibles pour nous, mais dont l'expression nous faisait frémir. On eut une peine infinie à la calmer. Ce ne fut qu'à force de lui répéter que Verval l'emmenerait.

Il fut arrangé qu'au lieu de courir à franc-étrier, il irait en voiture, et qu'il laisserait son domestique à Abbeville, avec Azakia, pour l'accompagner, la veiller pendant ses recherches, et la ramener auprès de nous, quand elle en aurait vu l'inutilité. Il était impossible de laisser cette infortunée à la merci des évènemens.

Elle partit donc avec lui; et aux larmes amères que l'éloignement de Verval me fit répandre, l'éloignement d'Azakia en joignit encore.

CHAPITRE XXVII.

ARRIVÉE DE M. DE VERVAL.

POUR mettre le comble à mon chagrin, quelques heures après leur départ, ma tante reçut une lettre de son mari qui lui annonçait son retour pour le lendemain. Cette nouvelle acheva de m'accabler; et ma tante, dont j'attendais des consolations, au lieu de m'en offrir. . . . . Pour la première fois, elle ne dissimula que faiblement la peine qu'elle éprouvait.

La Sœur n'y mit pas tant de façons. Elle dit hautement que c'était le *diable qui venait en paradis*; et, un moment après, je la surpris dans une chambre où étaient les portraits de M. et de Madame de Verval. « L'excellente personne! » disait-elle, en regardant celui-ci. « N'est-ce pas » dommage que ça soit tombé en de » telles mains! C'est bien l'agneau » dans les pattes du loup. » Puis se retournant vers l'autre: « Pouah! le » vilain, qui tient ce doux ange en » enfer! »

Elle m'entendit, essuya vîte ses yeux qui étaient mouillés, et feignit d'être occupée: mais elle ne put reprendre sa gaieté ordinaire. L'empreinte du contentement disparut de même de dessus les autres figures; et, quand mon oncle arriva, ce fut à qui se dispenserait de se présenter devant lui.

Pour moi, je tremblais ; et ma tante. . . . . Sa tristesse s'était augmentée à mesure que le moment de l'arrivée était devenu plus prochain. Plusieurs fois, elle m'avait fixée avec un regard qui m'avait serré le cœur. Quand elle entendit le bruit de la voiture, elle se jetta dans mes bras, m'étreignit dans les siens. « Pauvre » infortunée, » me dit-elle, « que le » Ciel veille sur toi ! » Après ce peu de mots prononcés d'un ton déchirant, elle s'arracha de mes bras pour aller recevoir M. de Verval. Je l'accompagnai en la soutenant. Hélas ! j'aurais eu besoin d'être soutenue moi-même.

Mon oncle avait l'air encore plus farouche qu'à l'ordinaire. « Bon jour,

» Madame, » dit-il séchement à sa femme. « Vous vous portez mieux? » Elle voulut répondre, et ne fit que balbutier. Il me parla un peu plus doucement, mais toujours avec humeur.

Quand il fut entré, il alla pour s'asseoir auprès d'une fenêtre sur laquelle était un oiseau que ma tante aimait beaucoup. En s'asseyant, il heurta la cage; quelques gouttes d'eau tombèrent sur son habit. « Maudit animal! » dit-il, « tu ne » me saliras plus.... » La cage était déjà brisée sur le pavé de la cour, et l'oiseau écrasé. Ma tante frissonna; mais n'osa pas se plaindre. Je sortis, révoltée d'une action si atroce......

« Cela vous surprend ? » me dit la Sœur que je rencontrai. « C'est » un jeu pour lui. Il tue, comme un » autre dit bon jour. Encore l'année » d'avant la dernière, il y avait ici » un honnête bourgeois, un brave » homme, qui s'avisa un jour de lui » dire ses vérités. Le pauvre diable » ne l'a pas porté loin. Celui-ci, » dans une partie de chasse, lui a » lâché un coup de fusil. . . . . qu'il » a eu le crédit de faire passer pour » un accident. Mais les gens comme » lui ne font pas le mal par accident. » Personne n'en a été la dupe. Faut » espérer qu'il en trouvera quelque » jour un plus méchant que lui. Ou » bien, jarny ! ce sera là-haut que » tout ça lui sera payé. »

La Sœur, dans son accès d'indignation, en aurait beaucoup dit encore : mais je la quittai pour aller m'enfermer dans ma chambre, et me livrer aux idées les plus sinistres, jusqu'au moment où l'on vint m'avertir pour le souper.

CHAPITRE

CHAPITRE XXVIII.

QUI CONFIRME L'OPINION QUE L'ON A DU PRENDRE DE M. DE VERVAL.

JE trouvai ma tante dans un état digne de compassion. Mon oncle.... je ne pouvais le regarder ; sans éprouver des crispations. Pendant le repas, on ne dit pas quatre paroles. Lorsqu'au moment de me retirer, j'allai embrasser Madame de Verval, elle eut à peine la force de recevoir mon baiser, de m'en rendre un. Je sentis sa main froide et tremblante glisser furtivement dans la mienne un morceau de papier, que je mis dans mon sein, heureusement sans que M. de Verval s'en apperçût. Lorsque je fus chez moi, je m'empressai de le lire.

Il était écrit au crayon, et voici ce qu'il contenait :

Je pars demain avant le jour, sans savoir où l'on doit me conduire. Il m'est défendu avec des menaces horribles de chercher à avoir de correspondance avec qui que ce soit, et l'on m'a prévenue que je serais surveillée avec sévérité. Nous sommes nés pour souffrir, ma chère enfant : depuis long-tems j'y suis résignée ; mais l'abîme sur le bord duquel je te laisse . . . . . J'entends du bruit ; je tremble. . . . . Adieu. N'oublie jamais que sans la vertu il n'est pas de bonheur.

« Grand Dieu ! » m'écriai-je en me laissant tomber sans connaissance..... Je ne fus tirée de mon évanouissement que par le bruit de la voiture qui emmenait ma tante, mon amie, ma mère. Un faible crépuscule permettait à peine d'appercevoir les masses ; et je crus distinguer cette femme aussi infortunée que respectable : je crus la voir sortir la tête de la portière, regarder ma fenêtre, et dire à sa Victorine, à sa fille, un éternel adieu. Je restai là je ne sais combien de tems, comme si j'eusse toujours vu, toujours entendu cette voiture, qu'il me semblait sentir rouler sur mon cœur.

Je ne sortis de cet état qu'en entendant quelqu'un entrer dans ma chambre : c'était mon oncle. Sa vue me glaça. Il m'aborda avec cet air hypocrite qui, dès la première fois que je l'avais vu, m'avait indisposée contre lui, et qui, dans ce moment, achevait de le rendre à mes yeux un objet exécrable.

« Eh ! mon Dieu ! ma chère amie ! » comment êtes-vous habillée de si » bonne heure ? — Monsieur.... » le.... bruit.... d'une voiture... » — C'est Madame de Verval qui est » partie. — Ma tante, Monsieur ! » — Oui. Il n'y a que les eaux qui » puissent lui rendre entièrement la » santé ; elle est allée les prendre... » Mais pourquoi pleurer, ma chère » petite ? Je la remplacerai auprès » de toi. Tu as un bon parent, un

» tendre ami, qui fera de ton bonheur » son unique affaire. Allons, sèche » tes pleurs, et embrasse-moi. » Je lui lançai un regard qui, pour tout autre[1], aurait été foudroyant. « — Comment diable! » ajouta-t-il, » tu as merveilleusement profité des » leçons de ta bégueule de tante! » Voilà tout le tragique de la vertu. » Oh çà! ma chère Victorine, enten- » dons-nous. A mon autre voyage, » j'ai déjà manqué l'occasion, pour » avoir voulu trop l'attendre. Je » ne ferai pas la même sottise, cette » fois. Je te donne jusqu'à demain pour » te décider. — Un million d'années, » lui répondis-je en fureur, « n'étein- » draient pas l'indignation que vous » m'inspirez. — Là! là! » me répondit-il, « point d'emportement : il ne » servirait à rien. Je sais bien ce qui » vous fait rejetter mes offres ; c'est » le bien-aimé cousin. Ecoutez-moi, » petite fille ; je suis bon tant que » l'on ne me force pas à cesser de » l'être : mais si jamais il existe la » moindre liaison entre vous et lui...! » Victorine, je vous laisse à vos ré- » flexions. Demain, mes bienfaits » sans mesure, ou vengeance et sur » vous et sur lui. »

En prononçant ces dernières paroles, il ébranla violemment le plancher ; et son regard à la fois sinistre et furieux, glaça tout mon sang dans mes veines.

Il sortit, me laissant dans un état que rien ne saurait décrire : furieuse contre lui, effrayée sur moi, tremblante pour la vie de mon amant, agitée de mille craintes sur cette digne femme éloignée d'une manière si cruelle, sans doute pour me priver de son appui. Tantôt me promenant à pas précipités, tantôt me jettant à genoux, j'exhalais des imprécations contre le monstre, j'implorais pour ma tante, pour mon cousin, pour moi, la protection du Ciel. Les emportemens de la colère, le frisson de l'horreur, les larmes du désespoir, se succédaient, se mêlaient. « Monstre exécrable ! m'écriai-je. . . » O mon infortunée mère ! . . . O toi » dont je devais être l'épouse ! . . . » O Dieu ! Dieu protecteur de l'in» nocence ! . . . . Souvent ces expressions si différentes se présentaient à la fois sur mes lèvres, et se confondaient toutes dans une espèce de cri prolongé. Enfin, excédée d'une crise aussi violente, je tombai sur le plancher.

CHAPITRE XXIX.

BONNE SŒUR!

Ce fut là que la Sœur me trouva baignée dans mes larmes.

« Eh ! mon bon Sauveur ! » en accourant à moi, et me plaçant presque inanimée sur un fauteuil. « Mon » doux Jésus ! qu'est-ce que c'est donc » que tout ça ? On vient de me dire » qu'elle est partie, que votre oncle » vous a maltraitée. C'est dans la » maison une consternation à faire » pitié. V'là que je vous trouve éten- » due par terre, quasi morte. Je n'ai » pas, moi, une goutte de sang dans » les veines. . . . Ma chère Demoi-

» selle, contez-moi vos peines; et, » si Marotte peut quelque chose, » disposez de sa vie. — Elle ne serait » pas en sûreté s'il vous entendait » m'offrir des consolations. Eloignez-» vous, ma chère Marotte, éloignez-» vous. Je tremble que cet homme » féroce..... — Ne craignez rien, » chère enfant. Je viens de le voir » aller chez le fermier. — O ma » Sœur! si vous saviez ce qu'il a » osé!... Il m'a donné jusqu'à de-» main..... Demain peut-être la » violence...... O ma Sœur! ma » Sœur!.... »

Ma tête tomba sur son sein.

Après avoir gardé long-tems le silence : « N'ayez plus peur, Ma-» demoiselle, » me dit Marotte. « Je

» vous arracherai des mains de ce
» démon incarné. Ecoutez-moi. Avant
» de venir demeurer ici, j'ai connu
» une Dame qui a une terre à quel-
» ques lieues de Paris, et qui est,
» (dans une autre façon s'entend)
» aussi bonne que ç'te chère Madame
» de Verval. Elle est de d'même le re-
» cours des malheureux. Elle m'aime
» beaucoup à cause de ma grosse
» gaieté; c'est comme ça qu'elle dit;
» et encore, dit-elle, parce que ç'te
» gaieté là ne rend ma bonté que
» meilleure. Quand je suis partie
» pour venir ici, elle m'a promis
» que, si elle pouvait m'obliger, je
» n'avais qu'à parler, écrire. . . . .
» Et, avec elle, une promesse d'obli-
» ger n'est jamais une promesse en

» l'air. V'là l'occasion de la mettre
» à effet. Je vais faire une lettre à
» celle fin de lui demander son ami-
» tié pour vous. Je suis bien sûre
» qu'elle vous la donnera, et que
» par après elle me fera des remer-
» cîmens ; je m'en vante. Voulez-
» vous ? dites. »

— « Ah ! tout m'est *égal*, pourvu
» que je m'éloigne . . . . . mais com-
» ment ? . . . . Quelques mots qu'en
» me quittant il a prononcés à demi-
» voix, m'assurent trop que mes dé-
» marches seront veillées. — Mais la
» nuit ? — Il m'enfermera, j'en suis
» sûre. — Eh bien ! laissons-le faire.
» Quand on ne peut pas sortir par la
» porte, est-ce qu'il n'y a pas la
» fenêtre donc ? Au lieu d'un escalier,
» on

» prend une échelle ; v'là toute la
» différence. Comme il n'a de dou-
» tance de rien, il ne prendra pas
» de précautions pour parer ç'te botte
» là. Tenez ; à minuit, il y aura une
» échelle contre votre fenêtre. Les
» chiens me connaissent et n'aboient
» jamais, à quelque heure que je
» vienne. J'ai les passe-partouts des
» portes du dehors. Vous sortirez par
» celle du petit chemin creux qui
» conduit à la route de Dunkerque,
» ous'que son fils est en garnison ;
» vous la laisserez tout contre, sans
» être fermée ; ça lui fera croire que
» vous êtes allée joindre votre cou-
» sin. Et pas du tout, vous prendrez
» au contraire la route de Paris. Il
» y a le petit cheval qui passe la nuit

» au vert. Sa bride et sa selle sont
» à présent sous le hangard : mais
» vous les trouverez à sa tête et sur
» son dos, ous'que je les aurai mis;
» et gn'y aura plus qu'à partir. Fau-
» dra aller le galop, tant que le
» cheval aura de jambes. Quand le
» grand jour sera venu, vous ven-
» drez, au premier qui en voudra,
» le cheval et tout le bataclan ; et
» vous ferez le reste de la route à
» pied, et en prenant toujours les
» petits chemins, parce que sur les
» grands, ou par les voitures publi-
» ques, si le bourreau ne donnait
» pas dans le panneau de Dun-
» kerque, il pourrait courir après
» vous du côté de Paris, et ç're
» poste ça va un train de tous les

» milles. A propos, ne manquez
» pas de faire un petit paquet des
» choses les plus nécessaires, mais
» bien léger, à cause que quand on
» chemine à pied, gn'y a si petit
» paquet qui ne pèse à la longue. »

Lorsque notre plan fut bien arrêté, la Sœur me quitta, en me recommandant de ne pas garder l'air trop fâché devant mon oncle, afin qu'il eût moins de soupçons. Je suivis ses conseils : le soir, cet homme infâme, dont cependant je refusai le baiser qu'il voulait me donner, quand je lui souhaitai le bon soir, me quitta avec l'espérance que j'étais à moitié vaincue. Et moi, j'allai passer dans des transes mortelles l'heure que j'avais encore à rester sous le même toît que lui.

Au moment indiqué, la Sœur parut avec une échelle, et me reçut dans ses bras. Elle me porta plutôt que je ne marchai vers l'endroit où le cheval m'attendait. Là, nous nous embrassâmes en pleurant à chaudes larmes. « Adieu, ma chère » Demoiselle, » me dit-elle en sanglotant. « Confiez-vous en la bonté » du Créateur. Il permet quelquefois » que les gens de bien soient persé- » cutés ; mais il ne les abandonne » jamais. » Je voulus lui dire adieu ; il me fut impossible de parler. Elle donna un coup de baguette au cheval, il partit. . . . . . Bientôt j'eus perdu de vue, et la bonne Sœur, et cette maison, devenue le séjour de la consternation et du crime, après avoir été si long-tems celui du bonheur et de la vertu.

Fin de la première partie.

Comp. et Del. GORJY.

TABLE

Des chapitres contenus dans ce volume.

Fin de la table du premier volume.

www.ingramcontent.com/pod-product-compliance
Lightning Source LLC
Chambersburg PA
CBHW061437030726
47503CB00005B/1453

* 9 7 8 2 0 1 4 5 1 0 7 0 6 *